TRANZLATY

El idioma es para todos

Jazyk je pro každého

La Transformación
(*La Metamorfosis*)
Proměna

Franz Kafka

Español
Čeština

www.tranzlaty.com

Primera parte
První část

Gregorio Samsa se despertó una mañana de un sueño intranquilo.
Řehoř Samsa se jednoho rána probudil z neklidných snů.
Se encontró en su cama, pero incapaz de moverse.
Zjistil, že ležel ve své posteli, ale nemohl se pohnout.
Se había transformado en una alimaña monstruosa.
Proměnil se v obludnou havěť.
Estaba acostado boca arriba, sobre su espalda, que estaba dura como una armadura.
Ležel na zádech, která byla tvrdá jako brnění.
Levantando un poco la cabeza podía ver su barriga.
Když trochu zvedl hlavu, mohl si prohlédnout břicho.
Pero su vientre estaba abovedado y dividido en segmentos.
Ale jeho břicho bylo klenuté a rozdělené na segmenty.
La manta descansaba encima de su vientre redondeado.
Deka spočívala na jeho zakulaceném břiše.
Pero la manta estaba a punto de caerse por completo.
Ale deka už skoro úplně sklouzla dolů.
Sus piernas eran lamentables comparadas con su tamaño habitual.
Jeho nohy byly ve srovnání s jejich obvyklou velikostí ubohé.
Y sus muchas piernas se movían impotentes ante sus ojos.
A jeho mnoho nohou se mu bezmocně mihotalo před očima.
"¿Qué me ha pasado?" pensó para sí.
„Co se se mnou stalo?" pomyslel si pro sebe.
Pero no era un sueño del que no pudiera despertar.
Ale nebyl to sen, ze kterého by se nemohl probudit.
En realidad era su propia habitación la que él se encontraba.
Opravdu se ocitl ve svém vlastním pokoji.
Un auténtico espacio para humanos, aunque un poco pequeño.
Skutečný pokoj pro lidi, ale jen trochu moc malý.
Él yacía tranquilamente entre las cuatro paredes conocidas.
Tiše ležel mezi čtyřmi dobře známými zdmi.

Sobre la mesa había una colección de muestras textiles.
Na stole byla sbírka vzorků textilu.
Samsa era un vendedor ambulante, de ahí las muestras.
Samsa byl obchodní cestující, proto ty vzorky.
Encima de las muestras textiles desmontadas había una imagen.
Nad rozloženými vzorky textilií byl obrázek.
Recientemente había recortado la imagen de una revista.
Nedávno si obrázek vystřihl z časopisu.
Había colocado el cuadro en un bonito marco dorado.
Vložil obraz do krásného, pozlaceného rámu.
El cuadro enmarcado mostraba a una dama sentada erguida.
Zarámovaný obraz zobrazoval vzpřímeně sedící ženu.
Llevaba un gorro de piel y tenía un manguito de piel.
Měla na sobě kožešinovou čepici a na hlavě kožešinovou mušli.
Ella estaba levantando su mano hacia el espectador de la imagen.
Zvedla ruku k divákovi obrazu.
Todo su antebrazo desapareció dentro de su pesado manguito de piel.
Celé její předloktí zmizelo v těžké kožešinové mufně.
Gregor miró por la ventana el clima gris.
Gregor se podíval oknem na pochmurné počasí.
Se podía oír fuertes gotas de lluvia golpeando la ventana.
Bylo slyšet, jak silné kapky deště narážejí do okna.
El clima gris lo hacía sentir muy melancólico.
Šedivé počasí v něm vyvolávalo velmi melancholický pocit.
"¿Qué tal si duermo un poco más?" pensó.
„Co kdybych si ještě trochu déle pospal?" pomyslel si.
"Dormir más podría ayudarme a olvidar estas tonterías".
„Další spánek by mi mohl pomoci zapomenout na tenhle nesmysl."
Pero dormir más era completamente inviable.
Ale spát déle bylo naprosto nemožné.
Porque estaba acostumbrado a dormir sobre su lado derecho.
Protože byl zvyklý spát na pravém boku.

Pero su estado actual le impedía realizar sus movimientos habituales.

Jeho současný stav mu ale bránil v obvyklých pohybech.

No tenía forma de llegar a esa posición.

Neměl žádnou možnost se do této pozice dostat.

Intentó con todas sus fuerzas lanzarse hacia su lado derecho.

Snažil se ze všech sil převrátit na pravý bok.

Probablemente intentó este movimiento cientos de veces.

Pravděpodobně se o tento pohyb pokusil stokrát.

Pero él siempre volvía a la posición supina.

Ale vždycky se zakymácel zpět do polohy vleže na zádech.

Cerró los ojos para no ver sus piernas inquietas.

Zavřel oči, aby neviděl své vrtící se nohy.

Al final el dolor le impidió intentarlo de nuevo.

Nakonec ho bolest odradila od dalšího pokusu.

Un dolor sordo en el costado que nunca había sentido antes.

Tupá bolest v boku, jakou nikdy předtím necítil.

«Oh Dios», pensó desesperado Gregorio Samsa.

„Ach bože," pomyslel si zoufale Gregor Samsa.

¡Qué profesión tan agotadora he elegido para mí!

"Jak namáhavé povolání jsem si pro sebe vybral!"

"Día tras día tengo que viajar por trabajo".

"Den co den musím cestovat kvůli práci."

"El trabajo de oficina es mucho más fácil que trabajar fuera de casa".

"Práce v kanceláři je mnohem snazší než práce na cestách."

"Y tengo la maldición de tener que viajar."

„A mám tu prokletí, že musím pořád dokola cestovat."

"Todas las preocupaciones por llegar a tiempo a los trenes."

"Všechny ty starosti s tím, aby člověk stihl vlaky včas."

"Mis horarios de comida son irregulares y la comida es mala".

"Jím nepravidelně a jídlo je špatné."

"Mis amigos siempre están cambiando de ciudad en ciudad."

„Moji přátelé se neustále mění z města do města."

"Las interacciones que tengo son frías y profesionales".

"Interakce, které mám, jsou chladné a profesionální."

"¡Dejad que el Diablo se divierta con este tipo de trabajos!"
"Ať si ďábel užívá takové práce!"
Sintió un ligero picor en la parte superior del estómago.
Ucítil lehké svědění nahoře v břiše.
Se apoyó contra el poste de la cama, con la espalda.
Opřel se zády o sloupek postele.
Quería poder levantar mejor la cabeza.
Chtěl být schopen lépe zvedat hlavu.
Encontró el punto que le picaba y le molestaba.
Našel to svědivé místo, které ho trápilo.
Su cabeza parecía estar cubierta de pequeños puntos blancos.
Jeho hlava se zdála být pokrytá malými bílými tečkami.
No podía decir qué eran esos pequeños puntos blancos.
Co byly tyto malé bílé tečky, nedokázal říct.
Había planeado tocar el lugar con una de sus piernas.
Měl v plánu dotknout se místa jednou nohou.
Pero cuando tocó el lugar sintió un extraño escalofrío.
Ale když se toho místa dotkl, ucítil zvláštní chlad.
Entonces inmediatamente retiró la pierna del lugar.
Takže okamžitě odtáhl nohu z místa.
No tuvo más remedio que aceptar la sensación de picazón.
Neměl jinou možnost, než se smířit s pocitem svědění.
Y volvió a su posición anterior en la cama.
A vrátil se do své předchozí polohy v posteli.
"Despertarse tan temprano realmente te vuelve bastante estúpido".
"Vstávání tak brzy z člověka udělá docela hloupého."
"Un hombre debe dormir lo suficiente", pensó.
„Člověk se musí dostatečně vyspat," pomyslel si.
"Los demás vendedores ambulantes viven una vida de lujo."
„Ostatní obchodní cestující žijí luxusním životem."
"Por la mañana transfiero los pedidos que he recibido."
"Ráno předávám rozkazy, které jsem dostal."
"Mientras tanto esos señores todavía están desayunando."
„Mezitím ti pánové stále snídají."
"Imagínese si intentara hacer eso con mi jefe".

„Jen si představ, kdybych se to pokusil udělat se svým šéfem."
"Me despediría antes de terminar mi desayuno."
„Vyhodil by mě dřív, než bych dojedl snídani."
"Pero quizá eso tampoco sería lo peor."
„Ale možná by to ani nebylo to nejhorší."
"El problema es que mis padres me están frenando".
„Problém je v tom, že mě rodiče brzdí."
"Si no fuera por ellos ya habría dimitido."
„Kdyby nebylo jich, už bych rezignoval."
"Me habría enfrentado al jefe y se lo habría dicho".
"Postavil bych se šéfovi a řekl mu to."
"Diría exactamente lo que pienso de él y del trabajo".
„Řekl bych přesně, co si o něm a o té práci myslím."
"¡Se caería del escritorio si le contara todo!"
"Kdybych mu všechno řekl, spadl by ze stolu!"
"Es muy extraña la forma en que se sienta en su escritorio".
„Je velmi zvláštní, jakým způsobem sedí u svého stolu."
"La forma en que habla con sus subordinados no es correcta".
"Způsob, jakým mluví se svými podřízenými, není správný."
"Y lo peor es que su audición es muy pobre".
„A nejhorší na tom je, že má tak špatný sluch."
"Así que no te queda otra opción que sentarte muy cerca de él."
„Takže nemáš jinou možnost, než sedět velmi blízko něj."
Pero dicho todo esto, la esperanza no está completamente perdida todavía.
"Ale i přes to všechno naděje ještě není úplně ztracena."
"Ahorraré el dinero para pagar la deuda de mis padres".
"Ušetřím peníze na splacení dluhu rodičů."
"No puedo hacer nada mientras todavía le deban dinero".
„Nemůžu nic dělat, dokud mu pořád dluží peníze."
"Pero cuando la deuda esté pagada definitivamente lo haré."
„Ale až bude dluh splacen, určitě to udělám."
"Probablemente tomará otros cinco o seis años."
"Pravděpodobně to bude trvat dalších pět až šest let."
"Sí, entonces definitivamente se hará la gran separación".

„Ano, pak k velkému oddělení určitě dojde."
"Por el momento, sin embargo, debo levantarme de la cama."
„Prozatím ale musím vstát z postele."
"Porque mi tren sale a las cinco en punto."
„Protože mi vlak odjíždí v pět hodin."
Gregor miró el despertador que sonaba sobre la mesa.
Gregor se podíval na tikající budík na stole.
"¡Padre Celestial!" pensó al ver la hora.
„Nebeský Otče!" pomyslel si, když viděl, kolik je hodin.
Las seis y media ya habían pasado silenciosamente.
Půl sedmé už tiše uběhla a byla pryč.
Y las manecillas del reloj seguían avanzando.
A ručičky hodin se stále posouvaly vpřed.
Y ahora se acercaba la cuarta hora menos cuarto.
A teď se blížila čtvrt na sedm.
"¿Quizás la alarma no sonó para despertarme?", pensó.
„Možná mě budík nevzbudil?" pomyslel si.
Desde la cama Gregor inspeccionó el despertador.
Gregor si z postele prohlédl budík.
El despertador estaba programado exactamente para las cuatro.
Budík byl správně nastavený na čtyři hodiny.
No podía explicarlo, pero la alarma debió haber sonado.
Nedokázal to vysvětlit, ale musel zvonit alarm.
"¿Cómo pude dormirme a pesar de la alarma sin darme cuenta?"
„Jak jsem mohl/a prospat budík, aniž bych to věděl/a?"
Cuando suena la alarma incluso sacude los muebles.
Když zvoní alarm, zatřese se i nábytkem.
Sabía que su sueño no había sido para nada tranquilo.
Věděl, že jeho spánek nebyl vůbec klidný.
Pero quizá por eso su sueño era mucho más profundo.
Ale možná právě proto byl jeho spánek mnohem hlubší.
Tenía que pensar qué debía hacer ahora.
Musel přemýšlet o tom, co teď bude dělat.
El siguiente tren no salía hasta las siete.
Další vlak jel až v sedm hodin.

Coger ese tren sería casi imposible.
Chytit ten vlak by bylo téměř nemožné.
Y aún no había empacado los textiles que necesitaba.
A ještě si nesbalil textilie, které potřeboval.
Tampoco se sentía especialmente fresco y ágil.
Ani se necítil nijak zvlášť svěží a hbitý.
Quizás había una posibilidad de subir al tren.
Možná by se naskytla šance dostat se do vlaku.
Pero de todas formas, un regaño por parte del jefe era inevitable.
Ale šéfovo pokárání bylo tak či onak nevyhnutelné.
El empleado habría subido al tren de las cinco.
Úředník by nastoupil do vlaku v pět hodin.
El oficinista era una criatura sin carácter del jefe.
Úředník byl bezpáteřní stvoření šéfa.
Así que la ausencia de Gregor ya habría sido informada.
Gregorova nepřítomnost by tedy již byla nahlášena.
"¿Qué pasa si llamo para avisar que estoy enfermo?" Gregor estaba pensando.
„Co když se ohlásím, že jsem nemocný?" přemýšlel Gregor.
Pero eso sería extremadamente embarazoso y sospechoso.
Ale to by bylo krajně trapné a podezřelé.
Gregor nunca había estado enfermo durante el tiempo que trabajó allí.
Gregor během své práce nikdy nebyl nemocný.
Y ya les había dado cinco años de servicio.
A už jim dal pět let služby.
Lo más probable era que el jefe viniera a ver cómo estaba.
Byla velká šance, že se na něj šéf přijde podívat.
Probablemente traería al médico del seguro médico.
Pravděpodobně by si přivedl lékaře ze zdravotního pojištění.
Y culparía a los padres por la pereza de su hijo.
A za líného syna by vinil rodiče.
No podrían hacerle ninguna objeción.
Nemohli by proti němu vznést žádné námitky.
Porque para él sólo había dos clases de trabajadores.
Protože pro něj existovaly jen dva druhy pracovníků.

O bien los trabajadores estaban completamente sanos o bien eran reacios al trabajo.

Buď byli dělníci zcela zdraví, nebo se práce styděli.

¿Y estaría equivocado en ese análisis básico?

A mýlil by se vůbec v té základní analýze?

Ciertamente, en este caso tenía un argumento sólido.

V tomto případě měl jistě silný argument.

A pesar de su apariencia, Gregor en realidad se sentía bastante bien.

Navzdory svému vzhledu se Gregor cítil docela dobře.

El sueño innecesariamente largo lo dejó un poco somnoliento.

Zbytečně dlouhý spánek ho trochu ospalil.

Pero aparte de eso no podía quejarse de enfermedad.

Ale kromě toho si nemohl stěžovat na nemoc.

Incluso sintió un hambre especialmente fuerte y saludable.

Dokonce cítil obzvláště silný a zdravý hlad.

Mientras pensaba estos pensamientos el reloj volvió a sonar.

Zatímco přemýšlel o těchto myšlenkách, hodiny znovu odbily.

Según la alarma eran ya las siete menos cuarto.

Podle budíku bylo teď tři čtvrtě na sedm.

Y ahora también se oyó un suave golpe en la puerta.

A teď se také ozvalo tiché zaklepání na dveře.

—Gregor —lo llamó alguien. Era la madre.

„Gregore," zavolal na něj někdo – byla to matka.

"Son las siete menos cuarto", confirmó la alarma.

„Je tři čtvrtě na sedm," potvrdila alarm.

¿No querías irte?, preguntó la suave voz.

„Nechtěl jsi odejít?" zeptal se tichý hlas.

Gregor se asustó cuando oyó su voz respondiendo.

Gregor se vyděsil, když uslyšel svůj hlas odpovídat.

La voz seguía siendo la voz que siempre tuvo.

Ten hlas byl stále ten samý hlas, který měl vždycky.

Pero ahora había un nuevo sonido mezclado en su voz.

Ale teď se do jeho hlasu mísil nový zvuk.

Desde lo más profundo de él también salió un doloroso chillido.

Z hloubi jeho nitra se ozvalo také bolestivé zaskřípění.

Al principio su voz parecía formar palabras con claridad.

Zpočátku se zdálo, že jeho hlas tvoří slova jasně.

Pero entonces Gregor escuchó el eco mental de su voz.

Ale pak Gregor zaslechl v duchu ozvěnu svého hlasu.

La grabación de su voz se interrumpió de una manera extraña.

Nahrávka jeho hlasu se podivným způsobem přerušila.

Y no estaba seguro de si había escuchado las cosas correctamente.

A nebyl si jistý, jestli slyšel správně.

Gregor sintió un profundo deseo de dar una respuesta detallada.

Gregor cítil hlubokou touhu podat podrobnou odpověď.

Quería explicarle todo claramente a su madre.

Chtěl matce všechno jasně vysvětlit.

Pero, dadas las circunstancias, tuvo que limitarse.

Ale vzhledem k okolnostem se musel omezit.

Y respondió mucho más breve de lo que le hubiera gustado.

A odpověděl mnohem stručněji, než by si přál.

-Sí madre, no te preocupes, gracias, ya estoy levantado.

"Ano, mami, neboj se, děkuji, už jsem vzhůru."

La puerta de madera probablemente ayudó a amortiguar su voz.

Dřevěné dveře mu pravděpodobně pomáhaly tlumit hlas.

Desde fuera el cambio en la voz de Gregor pasó desapercibido.

Venku si Gregorova hlasu nikdo nevšiml.

La madre pareció estar satisfecha con su explicación.

Matka se zdála být s jeho vysvětlením spokojená.

Y ella se fue de nuevo tan silenciosamente como había llegado.

A odešla stejně tiše, jako přišla.

Pero la pequeña conversación tuvo un efecto no deseado.

Ale ten krátký rozhovor měl nežádoucí účinek.

Llamó la atención de los demás miembros de la familia.

Upoutal pozornost ostatních členů rodiny.

Gregor todavía estaba en casa y no había ido a trabajar.
Gregor byl stále doma a nešel do práce.
Y ahora el padre también llamó a la puerta lateral.
A teď otec také zaklepal na boční dveře.
Golpeó débilmente, pero decidido, con el puño.
Slabě, ale odhodlaně zaklepal pěstí.
—Gregor, Gregor —gritó—, ¿cuál es el problema?
„Gregore, Gregore," zavolal, „v čem je problém?"
Al cabo de un rato volvió a advertir con voz más grave.
Po chvíli znovu varoval hlubším hlasem.
Pero ahora la hermana llamó a la puerta del otro lado.
Ale na druhé straně dveří teď zaklepala sestra.
"¿Gregor? ¿No te encuentras bien?", preguntó en voz baja.
„Gregore? Není ti dobře?" zeptala se tiše.
"¿Necesitas algo?" preguntó preocupada.
„Potřebujete něco?" zeptala se znepokojeně.
Gregor respondió a ambas partes: "Ya he terminado".
Gregor odpověděl oběma stranám: „Už jsem skončil."
Había hecho todo lo posible para pronunciar todas las palabras con cuidado.
Snažil se ze všech sil vyslovovat všechna slova pečlivě.
Y eliminó todo lo que era llamativo en su voz.
A ze svého hlasu odstranil vše nápadné.
El padre también parecía satisfecho con la respuesta.
Otec se také zdál být s odpovědí spokojený.
Y regresó a su desayuno inacabado.
A vrátil se ke své nedokončené snídani.
Pero la hermana susurró: "Gregor, ábreme, te lo ruego".
Ale sestra zašeptala: „Gregore, prosím tě, otevři."
Pero su preocupación por él no podía conmoverlo de ninguna manera.
Ale její starost o něj s ním nemohla nijak pohnout.
Gregor no tenía intención de abrirle la puerta.
Gregor neměl v úmyslu jí otevřít dveře.
Había adquirido algunos hábitos de cautela al viajar.
Cestováním si osvojil určité opatrné návyky.
Y se alababa a sí mismo por haber cerrado las puertas.

A chválil se, že zamkl dveře.
Primero quiso levantarse tranquilamente y a su propio ritmo.
Nejdřív se chtěl tiše vzbudit ve svém vlastním čase.
Y sin que nadie le molestara quiso vestirse.
A bez vyrušení se chtěl obléknout.
Una vez logrado esto, quiso entonces desayunar.
Když toho dosáhl, chtěl si dát snídani.
Sólo entonces quiso reflexionar más sobre la situación.
Teprve potom chtěl situaci dále zvážit.
Sabía que no tenía sentido hacer planes en la cama.
Věděl, že nemá cenu dělat si v posteli plány.
Sería imposible llegar a una conclusión sensata.
Dospět k rozumnému závěru by bylo nemožné.
Había habido otras ocasiones en las que se despertó con dolores leves.
Byly i jiné chvíle, kdy se probudil s mírnými bolestmi.
Estos dolores siempre resultaban ser pura imaginación.
Tyto bolesti se vždy ukázaly být jen čirou fantazií.
Al levantarme de la cama el dolor invariablemente desaparecía.
Když jsem vstal z postele, bolest vždycky odezněla.
Tenía curiosidad por ver qué pasaría con esas ideas.
Byl zvědavý, co se s těmito myšlenkami stane.
El cambio en su voz probablemente se debió sólo a un resfriado.
Změna v jeho hlase byla pravděpodobně jen z nachlazení.
Los resfriados son simplemente un riesgo laboral para los viajeros.
Nachlazení je pro cestovatele pouze profesním rizikem.
No tenía ninguna duda de que ésa era la explicación lógica.
Nepochyboval o tom, že to bylo logické vysvětlení.
Logró quitarse la manta de encima con facilidad.
Sundat ze sebe deku bylo snadné.
Lo único que tenía que hacer era inhalar e inflarse.
Stačilo se jen nadechnout a nafouknout.
La manta se deslizó de su cuerpo y cayó al suelo.

Deka mu sklouzla z těla na podlahu.
Su cuerpo increíblemente ancho dificultaba otras cosas.
Jeho neuvěřitelně široké tělo ztěžovalo ostatní věci.
Habría necesitado brazos y manos para ponerse de pie.
Potřeboval by paže a ruce, aby se postavil.
Pero ya no tenía las extremidades que solía tener.
Ale neměl končetiny, které míval dříve.
En lugar de brazos y manos tenía muchas piernas pequeñas.
Místo paží a rukou měl spoustu malých nohou.
Y sus piernas se movían constantemente, sin su control.
A jeho nohy se neustále pohybovaly, bez jeho kontroly.
Intentó doblar una pierna, pero en lugar de eso se estiró.
Zkusil pokrčit jednu nohu, ale místo toho se natáhl.
Finalmente logró controlar una pierna.
Konečně se mu podařilo dostat jednu nohu pod kontrolu.
Pero luego se liberó el movimiento de las otras piernas.
Ale pak se uvolnil pohyb i ostatních nohou.
Y todas sus piernas se crisparon de extrema excitación.
A všechny jeho nohy se chvěly nesmírným vzrušením.
Primero quería sacar la parte inferior de su cuerpo de la cama.
Nejdřív chtěl dostat spodní část těla z postele.
Pero en realidad aún no había visto la parte inferior de su cuerpo.
Ale ve skutečnosti ještě neviděl svou spodní část těla.
Y, de todas formas, resultó demasiado difícil mover esta pieza.
A stejně se ukázalo, že je příliš obtížné tuto část přesunout.
Finalmente, con todas sus fuerzas, realizó un movimiento salvaje.
Konečně se vší silou pokusil o jeden divoký pohyb.
Sin más vacilación, avanzó.
Bez dalšího váhání se vydal vpřed.
Pero había elegido la dirección equivocada.
Ale zvolil si špatný směr, kterým se vydal.
Golpeó violentamente su cuerpo contra el poste inferior de la cama.

Prudce narazil tělem do spodní sloupku postele.
El dolor ardiente que sintió le enseñó una valiosa lección.
Pálící bolest, kterou cítil, mu dala cennou lekci.
La parte inferior de su cuerpo era quizás más sensible.
Spodní část jeho těla byla možná citlivější.
Entonces intentó sacar primero la parte superior del cuerpo de la cama.
Tak se nejdřív pokusil dostat z postele horní část těla.
Giró cuidadosamente la cabeza en la dirección correcta.
Opatrně otočil hlavu správným směrem.
Y pronto su cabeza estaba mirando hacia el borde de la cama.
A brzy už měl hlavu otočenou k okraji postele.
Este movimiento cauteloso en realidad fue fácil para él.
Tento opatrný pohyb pro něj byl ve skutečnosti snadný.
Y su anchura y peso no detuvieron su movimiento.
A jeho šířka ani váha mu v pohybu nebránily.
La masa de su cuerpo siguió lentamente el giro de la cabeza.
Hmota jeho těla pomalu kopírovala otáčení hlavy.
Pero luego sostuvo su cabeza sobre el borde de la cama.
Ale pak vystrčil hlavu z okraje postele.
Y se enfrentó a un nuevo miedo en el que aún no había pensado.
A čelil novému strachu, o kterém dosud nepřemýšlel.
Avanzar más por este camino podría ser peligroso.
Další postup tímto způsobem by mohl být nebezpečný.
Había pensado que simplemente se dejaría caer.
Myslel si, že se prostě nechá spadnout.
Pero sería un milagro si no se lesionara la cabeza.
Ale byl by to zázrak, kdyby si nezranil hlavu.
Ahora no era el momento de arriesgarse a perder el conocimiento.
Teď nebyl čas riskovat ztrátu vědomí.
Quizás sería mejor quedarse en la cama después de todo.
Možná by nakonec bylo lepší zůstat v posteli.
Pero luego tuvo que hacer el mismo esfuerzo para regresar.
Ale pak musel vynaložit stejné úsilí, aby se dostal zpět.

Después de todo ese esfuerzo él estaba tendido allí igual que antes.

Po vší té námaze tam ležel stejně jako předtím.

Y ahora sus piernas parecían incluso más enojadas que antes.

A teď se mu zdály nohy ještě bolenější než předtím.

Los movimientos de sus piernas se habían vuelto aún más incontrolables.

Pohyby jeho nohy se staly ještě nekontrolovatelnějšími.

No veía manera de salir de la situación en la que se encontraba.

Neviděl žádnou cestu, jak se dostat ze situace, ve které se ocitl.

De este caos no fue posible sacar la paz ni el orden.

Z tohoto chaosu se nedalo nastolit mír a pořádek.

Pero sabía que quedarse en la cama tampoco era una opción.

Ale věděl, že zůstat v posteli také nepřipadá v úvahu.

Sacrificarlo todo era la opción más sensata.

Obětovat všechno bylo nejrozumnější řešení.

Se aferró a la más mínima esperanza de levantarse de la cama.

Držel se sebemenší naděje, že se dostane z postele.

Si lo hubiera conseguido, todo riesgo habría valido la pena.

Kdyby to dokázal, veškeré riziko by se vyplatilo.

Pero al mismo tiempo también recordó algo más.

Ale zároveň si vzpomněl i na něco jiného.

"Mejores que decisiones desesperadas son reflexiones tranquilas."

"Lepší než zoufalá rozhodnutí jsou klidné úvahy."

Con todo su esfuerzo centró su mirada en la ventana.

S veškerým úsilím upřel zrak na okno.

Pero lo que vio le trajo poca confianza y alegría.

Ale to, co viděl, mu nepřineslo mnoho sebevědomí a radosti.

La niebla de la mañana cubría toda la estrecha calle.

Ranní mlha pokrývala celou úzkou ulici.

El despertador volvió a sonar; ahora eran las siete.

Budík znovu zazvonil; teď bylo sedm hodin.

"Ya son las siete y todavía hay mucha niebla."

„Už je sedm hodin a pořád je taková mlha.“
Durante un rato permaneció en silencio, respirando débilmente.
Chvíli tiše ležel a jen slabě dýchal.
Quizás un poco de quietud traería algo de normalidad.
Možná by trocha klidu přinesla alespoň trochu normálnosti.
Un silencio absoluto podría provocar las condiciones reales.
Naprosté ticho by mohlo nastolit skutečné podmínky.
Pero antes de que el reloj volviera a sonar, rompió el silencio.
Ale než hodiny znovu odbily, prolomil ticho.
"Antes de que el reloj vuelva a sonar, debo levantarme de la cama."
„Než hodiny znovu odbijí, musím být v posteli.“
"Para entonces tengo que estar totalmente fuera de la cama."
„Do té doby už musím být úplně v posteli.“
"Después de las siete y cuarto la oficina enviará a alguien."
"Po čtvrt na osm z kanceláře někoho pošlou."
"Porque la oficina abrió antes de las siete."
„Protože kancelář otevřela před sedmou hodinou.“
Y ahora empezó a balancear su cuerpo fuera de la cama.
A teď se začal houpat z postele.
Había abandonado el centrarse en la parte superior o inferior de su cuerpo.
Přestal se soustředit na horní nebo dolní část těla.
Todo el largo de su cuerpo tuvo que salir de la cama.
Celá délka jeho těla musela opustit postel.
Caer de esa manera debería proteger su cabeza, pensó.
Pád tímto způsobem by mu měl ochránit hlavu, pomyslel si.
Había planeado levantar la cabeza cuando cayera al suelo.
Plánoval zvednout hlavu, až dopadne na zem.
La parte posterior de su cuerpo parecía lo suficientemente dura para el impacto.
Zadní část jeho těla se zdála být dostatečně tvrdá na to, aby unesla náraz.
Y la alfombra estaba allí para suavizar el aterrizaje.
A koberec tam byl od toho, aby změkčil přistání.

Sin embargo, su mayor preocupación era el fuerte ruido.
Jeho největší obavou však byl hlasitý hluk.
El ruido estrepitoso asustaría a todos en la casa.
Ten třepot by vyděsil všechny v domě.
Quizás no les daría miedo el ruido fuerte.
Možná by se hlasitého hluku nebáli.
Pero seguramente se preocuparían si oyeran eso.
Ale určitě by si udělali starosti, kdyby to uslyšeli.
Pero había que correr el riesgo de llamar la atención.
Ale riziko upoutání pozornosti se muselo podstoupit.
El nuevo método era más un juego que un esfuerzo.
Nová metoda byla spíše hrou než úsilím.
Tuvo que balancear su cuerpo con movimientos bruscos y espasmódicos.
Musel prudce a trhaně kymácet tělem.
Gregor ya estaba medio levantado de la cama.
Gregor už z poloviny vstal z postele.
Ahora se le ocurrió una idea nueva.
Teď ho napadla nová myšlenka.
"Todo sería tan fácil si alguien viniera en mi ayuda."
„Bylo by to všechno tak snadné, kdyby mi někdo přišel na pomoc.“
"Dos personas fuertes serían suficientes."
"Dva silní lidé by naprosto stačili."
Su padre y la criada serían lo suficientemente fuertes.
Jeho otec a služebná budou dost silní.
Sólo tendrían que deslizar los brazos bajo su espalda.
Stačilo by jim jen vsunout ruce pod jeho záda.
Y luego pudieron sacarlo fácilmente de la cama.
A pak by ho mohli snadno stáhnout z postele.
Quizás habrían tenido que bajarle el peso poco a poco.
Možná by museli pomalu snižovat jeho váhu.
Ojalá entonces las piernas hubieran encontrado su propósito.
Doufejme, že pak by nohy našly svůj účel.
¿No sería mejor después de todo pedir ayuda?
„Nebylo by nakonec lepší zavolat o pomoc?“

El problema, por supuesto, era que había cerrado las puertas.
Problém byl samozřejmě v tom, že zamkl dveře.
Había algo en ese pensamiento que le hacía cosquillas.
Na té myšlence bylo něco, co ho lechtalo.
Y a pesar de sus dificultades, no pudo evitar esbozar una sonrisa.
A navzdory těžkostem, které prožil, nedokázal potlačit úsměv.
Ya estaba cerca de perder el equilibrio.
Už teď byl skoro na pokraji ztráty rovnováhy.
Cada movimiento lo acercaba más a caerse de la cama.
S každým zhoupnutím se blížil k tomu, aby se z postele převrátil.
Pronto tendría que tomar la decisión final.
Brzy bude muset učinit konečné rozhodnutí.
En cinco minutos serían las siete y cuarto.
Za pět minut mělo být čtvrt na osm.
Mientras pensaba estos pensamientos, sonó el timbre.
Zatímco přemýšlel o těchto myšlenkách, zazvonil zvonek u dveří.
"Es alguien de la oficina", se dijo.
„To je někdo z kanceláře,“ řekl si pro sebe.
Y casi se quedó paralizado de miedo ante la visita.
A kvůli návštěvníkovi málem ztuhl strachy.
Sus piernas bailaron aún más salvajemente que antes.
Jeho nohy tančily ještě divoceji než předtím.
Pero luego, por un momento, todo quedó en silencio.
Ale pak na okamžik všechno ztichlo.
"No abrirán la puerta", se dijo Gregor.
„Neotevřou dveře,“ řekl si Gregor.
Todavía estaba atrapado en una esperanza sin sentido.
Stále ho pohlcovala jakási nesmyslná naděje.
Pero luego, por supuesto, la criada se dirigió a la puerta.
Ale pak samozřejmě služebná odešla ke dveřím.
Y como siempre, le abrió la puerta al visitante.
A jako vždy otevřela návštěvníkovi dveře.
A Gregor le bastó con oír el primer saludo del visitante.
Gregorovi stačilo slyšet návštěvníkovo první pozdrav.

Pudo saber inmediatamente quién había venido a buscarlo.
Hned poznal, kdo si pro něj přišel.
El propio jefe de oficina había venido a ver cómo estaba Samsa.
Sám vrchní úředník se přišel podívat, jak je na Samsu.
¿Por qué Gregor fue el único condenado a este destino?
Proč byl Gregor jediný odsouzen k tomuto osudu?
¿Por qué sólo él tuvo que servir en tal organización?
Proč musel v takové organizaci sloužit jen on?
El más mínimo descuido despertaba inmediatamente sospechas.
Sebemenší přehlédnutí okamžitě vzbudilo podezření.
¿Todos los empleados que trabajaban allí eran unos sinvergüenzas?
Byli všichni zaměstnanci, kteří tam pracovali, darebáci?
¿No había entre ellos ninguna persona fiel y devota?
Nebyl mezi nimi žádný věrný a oddaný člověk?
¿No podrían haber enviado simplemente un aprendiz?
Nemohli sem prostě poslat nějakého učně?
¿Era realmente necesario todo este cuestionamiento?
Bylo všechno tohle kladení otázek opravdu nutné?
¿El representante autorizado tenía que venir personalmente?
Musel zmocněný zástupce přijít osobně?
¿Había que informar a toda la familia inocente?
Musela být informována celá nevinná rodina?
Todas estas consideraciones impulsaron a Gregor a actuar.
Všechny tyto úvahy přiměly Gregora k činu.
Se levantó de la cama con todas sus fuerzas.
Vší silou se vymrštil z postele.
Se escuchó un fuerte estallido, pero no era realmente un ruido.
Ozvala se hlasitá rána, ale nebyl to skutečný hluk.
La caída había sido ligeramente suavizada por la alfombra.
Pád byl trochu ztlumen kobercem.
Su espalda era más elástica de lo que Gregor había pensado.
Jeho záda byla pružnější, než si Gregor myslel.
Así que el sonido era más apagado y no tan perceptible.

Zvuk byl tedy tlumenější a ne tak znatelný.
Pero no había cuidado su cabeza durante la caída.
Ale během pádu si nedal pozor na hlavu.
Y cuando golpeó el suelo también se golpeó la cabeza.
A když dopadl na zem, udeřil se i do hlavy.
Se frotó la cabeza contra la alfombra con rabia y dolor.
Vztekem a bolestí si třel hlavu o koberec.
Pero el gerente de la habitación de al lado escuchó el ruido.
Ale manažer v pokoji vedle slyšel hluk.
"Algo cayó allí", observó correctamente.
„Něco tam spadlo," poznamenal správně.
Gregor intentó imaginarse al gerente en su situación.
Gregor se pokusil představit si manažera ve své situaci.
"¿Podría pasarle lo mismo a él?" se preguntó.
„Mohlo by se mu stát totéž?" přemýšlel.
Aceptó que este extraño acontecimiento pudiera ser posible.
Přijal fakt, že tato podivná událost je možná.
Y entonces el jefe de oficina dio unos pasos hacia la habitación.
A pak vrchní úředník udělal pár kroků do místnosti.
Fue casi una respuesta burda a la pregunta que hizo.
Byla to téměř hrubá odpověď na otázku, kterou položil.
Sus botas de cuero crujieron cuando se acercó a la puerta.
Jeho kožené boty vrzaly, když se blížil ke dveřím.
Desde la habitación de su derecha su criada le susurró:
Z pokoje po jeho pravici mu zašeptala služebná.
Gregor, el representante autorizado está aquí.
„Gregore, je zde zmocněný zástupce."
—Lo sé —dijo Gregor, pero sólo en voz baja, para sí mismo.
„Já vím," řekl Gregor, ale jen tiše pro sebe.
No se atrevió a levantar la voz por encima de un susurro.
Neodvážil se zvýšit hlas nad šepot.
Porque Gregor no quería que su hermana lo oyera.
Protože Gregor nechtěl, aby ho jeho sestra slyšela.
—Gregor —dijo el padre desde la habitación de la izquierda.
„Gregore," ozval se otec z pokoje nalevo.
"El gerente ha venido a comprobar cuál es el problema".

"Manažer přišel zjistit, v čem je problém."
"Él te preguntó por qué no saliste en el tren temprano."
„Ptal se, proč jsi neodjel tím ranním vlakem.“
"No sabemos qué decirle", dijo el padre.
„Nevíme, co mu říct,“ řekl otec.
"Por cierto, también quiere hablar contigo personalmente."
„Mimochodem, chce s vámi také mluvit osobně.“
"Por favor, abre la puerta para que pueda hablar contigo."
„Prosím, otevřete dveře, aby s vámi mohl mluvit.“
"Tendrá la amabilidad de disculpar el desorden en la habitación".
„Bude tak laskav a omluví ten nepořádek v pokoji.“
"Buenos días, señor Samsa", le saludó el gerente.
„Dobré ráno, pane Samso,“ zavolal na něj manažer.
Y ciertamente le habló de manera amistosa.
A rozhodně s ním mluvil přátelsky.
"No está bien", le dijo la madre al gerente.
„Není mu dobře,“ řekla matka manažerovi.
"No se encuentra bien en absoluto, créame, querido gerente."
„Vůbec mu není dobře, věřte mi, drahý manažere.“
¿Por qué si no, Gregor perdería el tren de la mañana?
„Proč by jinak Gregor zmeškal ranní vlak?“
"El chico no tiene nada en la cabeza excepto el negocio."
„Ten kluk nemá na mysli nic jiného než byznys.“
"Casi me molesta que no haga nada más".
"Skoro mě štve, že nedělá nic jiného."
"Me gustaría que saliera por las noches a tomar aire fresco".
„Přála bych si, aby večer chodil ven na čerstvý vzduch.“
"Estuvo en la ciudad ocho días por negocios."
„Byl ve městě osm dní kvůli obchodu.“
"Pero él estaba en casa todas esas noches"
„Ale pak byl každý z těch večerů doma.“
"Se sienta en nuestra mesa y lee el periódico".
„Sedí u našeho stolu a čte noviny.“
"En otras ocasiones, estudia los horarios de los trenes."
„Jindy studuje jízdní řády vlaků.“
"A veces se mantiene ocupado con la carpintería".

„Někdy se zaměstnává tesařstvím."
"Por ejemplo, talló un pequeño marco de madera para cuadros".
„Například vyřezal malý dřevěný rámeček na obraz."
"Estuvo ocupado con la sierra durante dos o tres tardes".
„Dva nebo tři večery byl zaneprázdněn pilou."
"Te sorprenderá lo bonito que es el marco de fotos".
"Budete ohromeni, jak krásný je ten rám obrazu."
"Ha colgado el marco de fotos en su habitación."
„Pověsil rám obrazu ve svém pokoji."
"Cuando abra la puerta veréis su carpintería."
„Až otevře dveře, uvidíte jeho dřevěné obložení."
"Por cierto, me alegro de que esté aquí, señor Prokurist".
„Mimochodem, jsem rád, že jste tady, pane Prokuriste."
"Solos no habríamos podido lograr que Gregor abriera la puerta."
„Sami bychom Gregora nedonutili otevřít dveře."
"Es muy terco", le confesó su madre al empleado.
„Je tak tvrdohlavý," přiznala se jeho matka úředníkovi.
"Ciertamente está enfermo, aunque antes lo negó".
„Určitě se necítí dobře, i když to předtím popíral."
"Estaré allí enseguida", dijo Gregor lentamente y con cuidado.
„Hned tam budu," řekl Gregor pomalu a opatrně.
Pero no hizo ningún movimiento hacia la puerta de la habitación.
Ale neudělal ani jeden pohyb směrem ke dveřím pokoje.
No quería perderse ni una palabra de la conversación.
Nechtěl ztratit ani slovo z konverzace.
El secretario jefe estuvo de acuerdo con la evaluación de la madre.
Vrchní úředník souhlasil s matčiným hodnocením.
-Tampoco puedo explicarlo de otra manera, señora.
„Ani já to jinak vysvětlit nedokážu, madam."
"Esperemos que no tenga ninguna enfermedad grave", dijo.
„Doufejme všichni, že netrpí žádnou vážnou nemocí," řekl.
"Por otro lado, es un peligro en nuestra industria".

„Na druhou stranu je to v našem odvětví riziko."

"Nosotros, los empresarios, a menudo tenemos que superar el malestar."

"My, podnikatelé, musíme často překonávat nepohodlí."

"Los profesionales simplemente tienen que aguantar los dolores leves".

"Profesionálové se musí jen prosadit přes drobné bolesti."

Mientras tanto su padre volvió a llamar a la otra puerta.

Mezitím jeho otec znovu zaklepal na druhé dveře.

"¿Puede entrar ahora el jefe de oficina?" quiso saber.

„Může už přijít vrchní úředník?" chtěl vědět.

"No, no puede", respondió Gregor a la pregunta de su padre.

„Ne, nemůže," odpověděl Gregor na otcovu otázku.

Un silencio incómodo cayó en la habitación de la izquierda.

V místnosti po levé straně se rozhostilo trapné ticho.

En la habitación de la derecha la hermana comenzó a sollozar.

V pokoji napravo se sestra rozplakala.

¿Por qué la hermana no se había ido a estar con los demás?

Proč sestra nešla být s ostatními?

Probablemente acababa de levantarse de la cama, pensó.

Pravděpodobně právě vstala z postele, pomyslel si.

Es posible que ni siquiera haya empezado a vestirse todavía.

Možná se ještě ani nezačala oblékat.

Pero Gregor no podía entender por qué ella lloraba.

Gregor ale nemohl pochopit, proč pláče.

¿Fue porque no se levantó y dejó entrar al gerente?

Bylo to proto, že nevstal a nepustil manažera dovnitř?

¿Fue porque estaba en peligro de perder su trabajo?

Bylo to proto, že mu hrozilo, že přijde o práci?

¿Podría el jefe venir a buscar a los padres como antes?

Mohl by šéf přijít po rodičích jako předtím?

¿Iba a volver a hacerles las mismas exigencias de siempre?

Chystá se na ně znovu vznést staré požadavky?

Estas cosas probablemente no hacían que hubiera que preocuparse.

O tyto věci se asi nemuselo starat.

Por el momento no tenía motivos para llorar.

Prozatím neměla důvod k pláči.

Gregor todavía estaba allí, manteniendo a la familia.

Gregor tu stále byl a živil rodinu.

Y nunca tuvo intención de abandonar a la familia.

A nikdy neměl v úmyslu rodinu opustit.

Por el momento, simplemente permaneció tendido sobre la alfombra.

Prozatím jen ležel na koberci.

La familia desconocía la condición en la que se encontraba.

Rodina nevěděla, v jakém stavu se nachází.

Si lo hubieran sabido no habrían animado a su jefe.

Kdyby věděli, nepovzbudili by jeho šéfa.

Ni siquiera habrían dejado entrar al gerente a la casa.

Ani by nepustili správce do domu.

No habría sido particularmente grosero rechazarlo.

Odmítnout ho by nebylo nijak zvlášť neslušné.

Fácilmente podría haber encontrado una excusa adecuada más tarde.

Snadno si později mohl najít vhodnou výmluvu.

No era algo por lo que lo hubieran podido despedir.

Nebylo to něco, za co by mohl být vyhozen.

Gregor pensó que ahora sería más sensato que lo dejaran solo.

Gregor cítil, že teď bude rozumnější nechat ho samotného.

Molestarlo con llantos y conversaciones no sirvió de mucho.

Rušení ho pláčem a mluvením toho moc nedosáhlo.

Pero fue la incertidumbre lo que molestó a los demás.

Ale byla to nejistota, která trápila ostatní.

Y fue esta incertidumbre la que justificó su comportamiento.

A právě tato nejistota omlouvala jejich chování.

—¡Señor Samsa! —gritó el gerente en voz alta.

„Pane Samso," zavolal manažer zvýšeným hlasem.

"¿Qué te pasa?" quiso saber.

„Co se s tebou děje?" chtěl vědět.

"Te has atrincherado en tu habitación."

"Zabarikádoval ses ve svém pokoji."

"Solo puedes responder con un 'sí' o un 'no'."
„Odpovídáte pouze ‚ano‘ nebo ‚ne‘.“
"Estás causando serias preocupaciones a tus padres."
"Děláš svým rodičům velké starosti."
"No veo ninguna buena razón para preocuparlos".
„Nevidím žádný dobrý důvod, proč bys jim dělal starosti.“
"Hay otra cosa más que mencionaré de paso."
„Ještě jednu věc zmíním mimochodem.“
"También estás descuidando tus obligaciones comerciales hacia nosotros".
„Také zanedbáváte své pracovní povinnosti vůči nám.“
"Esa irresponsabilidad está totalmente fuera de tu carácter".
„Taková nezodpovědnost je pro vás naprosto netypická.“
"Hablo aquí en nombre de tus padres y de tu jefe".
„Mluvím zde jménem vašich rodičů a vašeho šéfa.“
"Y os pido una explicación inmediata y clara."
„A žádám vás o okamžité a jasné vysvětlení.“
"Todo esto realmente me sorprende, debo decir".
„Musím říct, že mě celá ta věc opravdu udivuje.“
"Pensé que te conocía como una persona tranquila y razonable."
„Myslel jsem, že tě znám jako klidného a rozumného člověka.“
"Pero ahora nos estás mostrando un lado diferente de ti".
„Ale teď nám ukazuješ svou jinou stránku.“
"De repente estás mostrando tus caprichos tan peculiares."
„Najednou projevuješ své velmi zvláštní rozmary.“
"Pero podría haber una explicación para tu fracaso".
„Ale pro tvé selhání by mohlo existovat vysvětlení.“
"El jefe mencionó una deuda que usted había cobrado para nosotros."
„Šéf se zmínil o dluhu, který jste pro nás vymohl.“
"Le di al jefe mi palabra de honor en tu nombre".
„Dal jsem šéfovi čestné slovo za vás.“
"Pero ahora veo tu incomprensible terquedad."
„Ale teď vidím tvou nepochopitelnou tvrdohlavost.“
"Aún podría perder todo mi deseo de ayudarte."

„Možná bych stejně ztratil veškerou touhu ti jakkoli pomáhat.“

"Su seguridad laboral no es en absoluto totalmente estable".

"Vaše pracovní jistota není v žádném případě zcela stabilní."

"Originalmente tenía la intención de contarte todo esto en privado".

„Původně jsem ti to všechno chtěl říct v soukromí.“

"Pero ahora veo que quieres que pierda mi tiempo aquí".

„Ale teď vidím, že chceš, abych tu ztrácel čas.“

"Así que no veo ninguna razón por la que tus padres no deberían saberlo."

„Takže nevidím důvod, proč by to neměli vědět tvoji rodiče.“

"Su desempeño reciente no ha sido satisfactorio."

"Váš nedávný výkon nebyl uspokojivý."

"Reconozco que las ventas son más lentas en esta época del año".

„Připouštím, že prodeje jsou v tomto ročním období pomalejší.“

"Pero no hay época del año en que no haya ventas".

"Ale neexistuje období roku, kdy by nebyly žádné výprodeje."

Por un momento Gregor olvidó todo lo que le rodeaba.

Gregor na okamžik zapomněl na všechno kolem sebe.

—¡Pero señor Prokurist! —gritó Gregor desesperado.

„Ale pane Prokuristo!“ zvolal zoufale Gregor.

"Abriré la puerta enseguida, ahora mismo, no te preocupes."

„Hned otevřu dveře, hned teď, neboj se.“

"El problema es que me he estado sintiendo bastante mal."

„Problém je v tom, že se necítím docela dobře.“

"Mi mareo me impidió llegar a la puerta."

"Závratě mi zabránily dostat se ke dveřím."

"Todavía estoy en cama, pero me siento mucho mejor."

„Pořád ležím v posteli, ale cítím se mnohem lépe.“

"Un momento por favor, me estoy levantando de la cama."

„Moment, prosím, zrovna vstávám z postele.“

"Un momento de paciencia es todo lo que pido, señor Prokurist."

„Chvilka trpělivosti je vše, o co vás prosím, pane Prokuriste.“

"No va tan bien como pensaba, pero estaré bien".
„Nejde to tak dobře, jak jsem si myslel/a, ale budu v pořádku.“
"¿Cómo puede sucederle algo así a una persona tan rápidamente?"
„Jak se něco takového může člověku stát tak rychle?“
"Me sentí bien anoche, mis padres lo saben."
„Včera večer jsem se cítil dobře, rodiče to vědí.“
"Pero quizá ya tuve una pequeña premonición entonces."
„Ale možná jsem už tehdy měl malou předtuchu.“
"Quizás te preguntes por qué no lo reporté en la oficina".
„Možná se ptáte, proč jsem to nenahlásil v kanceláři.“
"Pensé que me sentiría mucho mejor por la mañana".
„Myslel jsem, že se ráno budu cítit mnohem lépe.“
"Uno siempre piensa que para entonces ya habrá superado la enfermedad."
„Člověk si vždycky myslí, že do té doby nemoc porazí.“
"¡Pero por favor! ¡Libera a mis padres de estas acusaciones!"
„Ale prosím! Ušetřete mé rodiče těchto obvinění!“
"No me han dicho ni una palabra de lo que me contaste."
„Nebylo mi řečeno ani slovo o tom, co jsi mi řekl.“
"Puede que no hayas leído las últimas órdenes que envié".
„Možná jste nečetl poslední rozkazy, které jsem rozeslal.“
"Por cierto, no tienes que preocuparte por mí hoy."
„Mimochodem, dnes si o mě nemusíš dělat starosti.“
"Aun así voy a tomar el tren de las ocho."
"Pořád pojedu vlakem v osm hodin."
"Las pocas horas de descanso me han fortalecido bastante".
„Těch pár hodin odpočinku mě dostatečně posílilo.“
"Realmente no hay necesidad de esperar, gerente."
„Opravdu není důvod, abyste čekal, pane manažere.“
"Yo también estaré en la oficina muy pronto."
„Taky budu brzy v kanceláři.“
"Y por favor, ten la amabilidad de decirme algo bueno".
„A prosím, buďte tak laskaví a za mě se přimluvte.“
Gregor había pronunciado su explicación con bastante precipitación.
Gregor pronesl své vysvětlení docela ukvapeně.

Apenas sabía lo que realmente estaba tratando de decir.
Sotva věděl, co se vlastně snaží říct.
Se acercó a la caja y trató de usarla para ponerse de pie.
Šel k krabici a pokusil se s ní vstát.
Realmente tenía toda la intención de abrir la puerta.
Opravdu měl v úmyslu otevřít dveře.
Quería ser visto por el representante autorizado.
Chtěl být viděn oprávněným zástupcem.
Y quería resolver el problema con él personalmente.
A chtěl s ním problém vyřešit osobně.
Estaba ansioso por saber cómo reaccionarían los demás ante él.
Byl zvědavý, jak na něj ostatní zareagují.
Ya deben estar ansiosos por ver cómo está.
Už teď asi taky netrpělivě hledají, jak se mu daří.
Había dos formas posibles en las que podían reaccionar ante él.
Byly dva možné způsoby, jak na něj mohli reagovat.
Una posibilidad era que estuvieran asustados.
Jednou z možností bylo, že by se báli.
Si estaban asustados entonces él no tenía ninguna responsabilidad.
Pokud se báli, pak za to neměl žádnou zodpovědnost.
Y entonces no tendría que preocuparse por la situación.
A pak by se nemusel o situaci starat.
Pero también había otra posibilidad en la que pensar.
Ale existovala i jiná možnost, o které bylo třeba přemýšlet.
Quizás aceptarían con calma su forma de ser.
Možná by ho klidně přijali takového, jaký je.
Entonces Gregor tampoco tendría motivos para enojarse.
Pak by ani Gregor neměl důvod se rozčilovat.
Todavía habría tiempo suficiente para coger el tren.
Pořád by bylo dost času na to, aby se stihl vlak.
Sin embargo, mantenerse en pie no fue una tarea fácil.
Stát vzpřímeně však nebyl v žádném případě snadný úkol.
En sus primeros intentos se resbaló de la caja.
Při prvních několika pokusech sklouzl z krabice.

La caja era demasiado lisa para que él pudiera apoyarse contra ella.

Krabice byla příliš hladká na to, aby se o ni mohl opřít.

Y finalmente se dio un último empujón para ponerse de pie.

A konečně se naposledy odhodlal vstát.

Ya no le prestó más atención al dolor en su abdomen.

Bolesti v břiše už nevěnoval pozornost.

No importaba cuánto dolor sintiera, él lo superaría.

Bez ohledu na to, jak velká bude bolest, zvládne to.

Se dejó caer contra el respaldo de una silla cercana.

Nechal se spadnout na opěradlo blízké židle.

Y se agarró a los bordes con sus pequeñas piernas.

A svými malými nožičkami se držel okrajů.

En ese momento ya tenía más control de sí mismo.

V tomto okamžiku se už více ovládal.

Y su caída fue más silenciosa que la anterior.

A jeho pád byl tišší než ten předchozí.

Porque tenía que escuchar lo que decía el gerente.

Protože musel poslouchat, co říká manažer.

¿Entendieron algo de eso?, preguntó a los padres.

„Rozuměli jste něčemu z toho?" zeptal se rodičů.

"No se burlaría de nosotros, ¿verdad?"

„Neudělal by z nás přece blázny, že ne?"

—¡Por Dios! —gritó la madre, ya llorando.

„Proboha," volala matka a už plakala.

"Puede que esté gravemente enfermo y lo estamos atormentando".

„Možná je vážně nemocný a my ho trápíme."

"¡Grete! ¡Grete!", le gritó a la hija.

„Grete! Grete!" křičela na dceru.

"¿Mamá?" llamó la hermana desde el otro lado.

„Mami?" zavolala sestra z druhé strany.

Luego se comunicaron a través de la habitación de Gregor.

Pak komunikovali přes Gregorův pokoj.

Gregor está muy enfermo y necesita medicamentos.

„Gregor je velmi nemocný a potřebuje léky."

"Tendrás que ir al médico inmediatamente."

"Budete muset okamžitě jít k lékaři."
¿Escuchaste cómo habló Gregor hace un momento?
„Slyšel jsi, jak Gregor právě mluvil?“
"Esa era la voz de un animal", dijo el gerente.
„To byl hlas zvířete,“ řekl manažer.
Sus palabras eran silenciosas comparadas con los gritos de la madre.
Jeho slova byla tichá ve srovnání s matčiným křikem.
—¡Anna! ¡Anna! —llamó el padre desde la antesala.
„Anno! Anno!“ volal otec z předsíně.
Y aplaudió para llamar su atención.
A tleskal rukama, aby upoutal jejich pozornost.
"¡Llama a un cerrajero inmediatamente!" le ordenó a la criada.
„Okamžitě zavolejte zámečníka!“ nařídil služebné.
Las muchachas, con sus faldas, corrían por la antesala.
Dívky v sukních proběhly předsíní.
Y sus faldas crujieron mientras corrían frente a su habitación.
A jejich sukně šustily, když běžely kolem jeho pokoje.
"¿Cómo se vistió la hermana tan rápido?" pensó.
„Jak se ta sestra mohla tak rychle obléknout?“ pomyslel si.
La puerta se abrió de golpe, pero no se cerró de golpe.
Dveře byly rozražené, ale nezabouchnuté.
Esto es común en los hogares donde ocurre una gran desgracia.
To je běžné v domácnostech, kde se stane velké neštěstí.
Pero todo esto había hecho que Gregor se volviera mucho más tranquilo.
Ale díky tomu všemu se Gregor mnohem uklidnil.
Cuando escuchó sus propias palabras le parecieron claras.
Když slyšel svá vlastní slova, zdála se mu jasná.
De hecho, sintió que sus palabras habían sido más claras.
Ve skutečnosti měl pocit, že jeho slova byla jasnější.
Pero los demás ya no entendían lo que decía.
Ale ostatní už nechápali, co říká.
Quizás ya se había acostumbrado a sus oídos.

Možná si už na své uši zvykl.
Pero al menos ahora entendían mejor su situación.
Ale alespoň teď lépe chápali jeho situaci.
Se dieron cuenta de que realmente había algo mal con él.
Uvědomili si, že s ním opravdu něco není v pořádku.
Y ahora estaban haciendo todo lo que podían para ayudarlo.
A teď dělali vše, co mohli, aby mu pomohli.
Esto le dio a Gregor una sensación de confianza que le faltaba.
To Gregorovi dodalo pocit sebevědomí, který mu chyběl.
Y se sintió nuevamente mucho más seguro en la familia.
A v rodině se cítil zase mnohem bezpečněji.
Se sintió incluido nuevamente en el círculo humano.
Cítil se opět začleněný do lidského kruhu.
Ahora tenía que esperar que el cerrajero pudiera abrir la puerta.
Teď už jen doufal, že zámečník dokáže otevřít dveře.
Y esperaba que el médico pudiera realizar tales tareas.
A doufal, že doktor takové úkoly zvládne.
Pronto tendría que hablar más.
Brzy bude muset zase víc mluvit.
Su voz tendría que ser lo más clara posible.
Jeho hlas musel být co nejjasnější.
Para prepararse para la reunión se aclaró la garganta.
Aby se připravil na schůzku, odkašlal si.
Sin embargo, hizo todo lo posible para toser muy silenciosamente.
Snažil se však ze všech sil kašlat jen velmi tiše.
El ruido podría haber sonado diferente a una tos humana.
Ten hluk mohl znít jinak než lidský kašel.
Sabía que ya no podía diferenciar esas cosas.
Věděl, že takové věci už nedokáže rozlišit.
En la habitación contigua reinaba un silencio absoluto.
V další místnosti se rozhostilo naprosté ticho.
Los padres probablemente estaban sentados a la mesa.
Rodiče pravděpodobně seděli u stolu.
Quizás estaban susurrando con el gerente.

Možná si šeptali s manažerem.

Quizás todos estaban apoyados en la puerta y escuchando.

Možná se všichni opírali o dveře a poslouchali.

Gregor empujó lentamente la silla hacia la puerta.

Gregor pomalu přisunul židli ke dveřím.

Empujó la puerta y se mantuvo en pie.

Zatlačil do dveří a udržel se na místě.

Se enteró de que las almohadillas de sus pies tenían un poco de pegamento.

Zjistil, že na polštářcích jeho nohou je trochu lepidla.

Y descansó allí un momento del esfuerzo.

A na chvíli si tam od námahy odpočinul.

Después de descansar lo suficiente, comenzó con la siguiente tarea.

Poté, co si dostatečně odpočinul, se pustil do dalšího úkolu.

Empezó a girar la llave en la cerradura con la boca.

Začal ústy otáčet klíčem v zámku.

Desafortunadamente, parecía que no tenía dientes reales.

Bohužel se zdálo, že nemá žádné skutečné zuby.

¿Pero qué otra forma tenía de conseguir las llaves?

Ale jaký jiný způsob měl, jak se klíčů zmocnit?

Afortunadamente para él, sus mandíbulas eran, por supuesto, muy fuertes.

Naštěstí pro něj měl samozřejmě velmi silné čelisti.

Con la ayuda de sus mandíbulas realmente consiguió mover la llave.

S pomocí čelistí skutečně rozpohyboval klíč.

No tenía ninguna duda de que él también se estaba haciendo daño.

Nepochyboval o tom, že si tím ubližuje i sám sobě.

Porque de su boca salía un líquido marrón.

Protože mu z úst vytékala hnědá tekutina.

El líquido marrón fluyó sobre la llave y por la puerta.

Hnědá tekutina stékala přes klíč a dolů po dveřích.

Pero a Gregorio no le importaba hacerse daño a sí mismo.

Gregorovi ale nevadilo, že si tím škodí.

"¿Puedes oír eso?" dijo el gerente en la habitación de al lado.

„Slyšíte to?" zeptal se manažer ve vedlejší místnosti.

"Está girando la llave", había notado el gerente.

„Otáčí klíčem," všiml si manažer.

Estas palabras fueron un gran estímulo para Gregor.

Tato slova byla pro Gregora velkým povzbuzením.

Pero el padre y la madre también deberían haber gritado:

Ale otec a matka měli také zvolat:

«¡Bien, Gregor!», deberían haberle gritado.

„Výborně, Gregore," měli na něj křičet.

"Sigue adelante, sigue girando esa llave, puedes lograrlo".

"Pokračuj, otáčej tím klíčem, dokážeš to."

Pero Gregor tuvo que imaginarse su emoción.

Gregor si ale místo toho musel představovat jejich vzrušení.

Apretó las mandíbulas con toda la fuerza que tenía.

Ze všech sil sevřel čelisti.

Y continuó girando la llave en la cerradura.

A dál otáčel klíčem v zámku.

Dolorosamente su cuerpo se retorció en un círculo.

Jeho tělo se bolestivě kroutilo v kruhu.

Ahora se mantenía erguido únicamente con la boca.

Teď se držel vzpřímeně jen díky ústům.

Para seguir girando la llave presionó contra la puerta.

Aby dál otáčel klíčem, tiskl ke dveřím.

Finalmente el chasquido de la cerradura despertó de nuevo a Gregor.

Konečně cvaknutí zámku Gregora znovu probudilo.

"Así que no necesité al cerrajero", suspiró aliviado.

„Takže jsem zámečníka nepotřeboval," povzdechl si s úlevou.

Ahora sólo faltaba abrir la puerta que había desbloqueado.

Teď už jen musel otevřít dveře, které odemkl.

Y con la cabeza en el pomo abrió la puerta.

A s hlavou na klice otevřel dveře.

Estaba detrás de la puerta que daba a su habitación.

Byl za dveřmi, které vedly do jeho pokoje.

Así que la puerta ya estaba abierta antes de que pudiera ser visto.

Takže dveře byly otevřené ještě předtím, než ho někdo mohl vidět.

A continuación tuvo que maniobrar para rodear la puerta.

Pak se musel sám obejít kolem dveří.

Este difícil movimiento también requirió mucho esfuerzo.

I tento obtížný pohyb vyžadoval velké úsilí.

No quería caer torpemente en la habitación contigua.

Nechtěl nešikovně spadnout do vedlejší místnosti.

Así que no tuvo tiempo de prestar atención a nada más.

Takže neměl čas věnovat pozornost ničemu jinému.

Pero entonces oyó al jefe de oficina exclamar en voz alta: "¡Oh!".

Ale pak slyšel, jak prokurista hlasitě vykřikl: „Ach!"

Sonaba como si el viento corriera a través de la casa.

Znělo to, jako by domem profukoval vítr.

Resultó que él era el que estaba más cerca de la puerta.

Shodou okolností byl ten nejblíže ke dveřím.

Y al verlo, se llevó la mano a la boca.

A teď, když ho uviděl, si přiložil ruku k ústům.

Se movió lentamente hacia atrás, alejándose de Gregor.

Pomalu se pohnul dozadu, pryč od Gregora.

Pero era como si una fuerza invisible actuara sobre él.

Ale bylo to, jako by na něj působila neviditelná síla.

Lo primero que hizo la madre fue mirar al padre.

První věc, kterou matka udělala, bylo, že se podívala na otce.

A pesar de la presencia del gerente, su cabello estaba despeinado.

Přestože byla přítomna manažerka, měla rozcuchané vlasy.

Desplegó los brazos y dio dos pasos hacia adelante.

Rozpřáhla ruce a udělala dva kroky vpřed.

Pero entonces se desplomó en medio de su falda.

Ale pak se zhroutila uprostřed sukně.

Su vestido se extendió a su alrededor en el suelo.

Její šaty se rozprostřely kolem ní po podlaze.

Y su cabeza desapareció sobre sus propios pechos.

A její hlava zmizela na jejích vlastních prsou.

El padre apretó el puño con expresión hostil.

Otec s nepřátelským výrazem zatnul pěst.

Parecía querer que Gregor fuera empujado de nuevo a su habitación.

Zdálo se, že chce Gregora zatlačit zpátky do svého pokoje.

Luego miró con incertidumbre alrededor de la sala de estar.

Pak se nejistě rozhlédl po obývacím pokoji.

Y finalmente se cubrió los ojos entre las manos.

A nakonec si zakryl oči dlaněmi.

Y lloró amargamente hasta que su poderoso pecho se estremeció.

A hořce plakal, až se mu mohutná hruď třásla.

Gregor en realidad no entró en su habitación.

Gregor ve skutečnosti vůbec nešel do jejich pokoje.

En lugar de eso, se apoyó contra el marco de la puerta.

Místo toho se opřel o rám dveří.

Para los que estaban desde fuera solo era visible la mitad de su cuerpo.

Pro ty zvenčí byla viditelná jen polovina jeho těla.

Y encima de su cuerpo estaba su cabeza, inclinada hacia un lado.

A na těle měl hlavu nakloněnou na stranu.

Para entonces la luz se había vuelto mucho más brillante que antes.

Světlo se mezitím stalo mnohem jasnějším než dříve.

Ahora se podía ver claramente el otro lado de la calle.

Teď už bylo jasně vidět druhou stranu ulice.

Apareció una sección del interminable y gris hospital.

Odhalila se část nekonečné, šedé nemocnice.

La lluvia de la mañana aún no había parado del todo de caer.

Ranní déšť ještě úplně nepřestal padat.

Pero ahora las gotas de lluvia eran más grandes y estaban más separadas.

Ale teď byly kapky deště větší a dále od sebe.

Los platos del desayuno estaban en abundancia en la mesa.

Snídaňového jídla bylo na stole v hojné míře.

El padre pensaba que el desayuno era la comida más importante.

Otec považoval snídani za nejdůležitější jídlo.

El desayuno era una comida que se prolongaba durante horas.

Snídaně byla jídlo, které vlekl celé hodiny.

Y en esas horas leía los distintos periódicos.

A v těchto hodinách četl různé noviny.

Justo en la pared opuesta colgaba una fotografía de Gregor.

Hned na protější zdi visela Gregorova fotografie.

La fotografía en la pared lo mostraba como teniente.

Fotografie na zdi ho ukazovala v hodnosti poručíka.

Era una fotografía de su época en el ejército.

Byla to fotka z doby, kdy strávil v armádě.

Su mano estaba sobre su espada y tenía una sonrisa despreocupada.

Ruku měl na meči a na tváři měl bezstarostný úsměv.

Su postura y su uniforme exigían cierto respeto.

Jeho držení těla a uniforma vyžadovaly jistý respekt.

La otra puerta que conducía a la antesala también estaba abierta.

Druhé dveře, které vedly do předsíně, byly také otevřené.

Y la puerta del apartamento todavía estaba abierta también.

A dveře do bytu byly stále otevřené.

Se podía ver hasta el patio delantero del apartamento.

Bylo vidět až na dvůr bytu.

Y luego las escaleras conducían a la calle de abajo.

A pak schody vedly dolů na ulici.

Gregor fue el único que mantuvo la compostura.

Gregor byl jediný, kdo si zachoval klid.

Él vio esto, por lo que la conversación era su responsabilidad.

Viděl to, takže rozhovor byl jeho zodpovědností.

"Bueno, ahora me voy a vestir para ir a trabajar", dijo.

„No, teď se jdu obléknout do práce," řekl.

"Después de haber empaquetado las muestras textiles, me iré."

„Až si sbalím vzorky textilií, odejdu."

"¿Aún tiene intención de dispararme, señor Prokurist?"

„Stále mě máte v úmyslu vyhodit, pane Prokuriste?“
"Como puedes ver, no soy tan terco como pensabas."
„Jak vidíš, nejsem tak tvrdohlavý, jak sis myslel.“
"Y puedes ver que después de todo me gusta trabajar".
„A vidíš, že koneckonců rád pracuji.“
"Puedo admitir que viajar por trabajo no es fácil".
"Mohu přiznat, že cestování za prací není snadné."
"Pero también puedo aceptar que es parte de mi trabajo".
„Ale dokážu také akceptovat, že je to součást mé práce.“
"Gerente, ¿adónde va? ¿De vuelta a la oficina?"
„Manažere, kam jdete? Zpátky do kanceláře?“
"¿Informarás verazmente de todo lo que has visto?"
„Budete pravdivě informovat o všem, co jste viděl?“
"A veces sucede que uno no puede ir a trabajar."
"Někdy se stane, že člověk nemůže chodit do práce."
"Este es el momento adecuado para recordar los logros pasados".
"To je ten správný čas vzpomenout si na minulé úspěchy."
"Después de eliminar la dificultad, uno trabaja aún mejor."
"Po odstranění obtíží se člověku pracuje ještě lépe."
"Mi diligencia y concentración aumentarán".
"Moje píle a soustředění se budou zvyšovat."
"Sabes muy bien que estoy en deuda con el jefe."
„Víš moc dobře, že jsem šéfovi zavázán.“
"Pero también estoy preocupada por mis padres y mi hermana".
„Ale také se bojím o své rodiče a sestru.“
"Estoy en una situación difícil, pero encontraré la manera de salir de ella".
"Jsem v těžké situaci, ale zvládnu to."
"No hagas esto más difícil de lo que ya es."
„Nedělej to ještě těžší, než to už je.“
"Como compañeros de trabajo también tenemos que ayudarnos unos a otros".
"Jako spolupracovníci si také musíme navzájem pomáhat."
"Sé que a los trabajadores de oficina no les gustan los viajeros".

„Vím, že úředníci nemají rádi cestovatele."
"¿Crees que ganamos una fortuna y llevamos una buena vida?"
„Myslíš si, že vyděláváme jmění a vedeme dobrý život."
"No tienen ningún motivo real para considerar sus prejuicios".
"Nemají žádný skutečný důvod, aby se zabývali svými předsudky."
"Pero usted, oficial autorizado, tiene un papel diferente."
„Ale vy, pověřený úředníku, máte jinou roli."
"Tienes una mejor visión general que el resto del personal".
"Máte lepší přehled než ostatní zaměstnanci."
"De hecho, creo que probablemente tengas la mejor visión general".
„Vlastně si myslím, že máte nejlepší přehled."
"Tienes una visión mejor que el propio jefe".
„Máte lepší přehled než sám šéf."
"Admito que el jefe hace el trabajo empresarial".
„Připouštím, že šéf dělá podnikatelskou práci."
"Pero es fácil que sus juicios sean erróneos."
„Ale jeho úsudky se snadno nechají zmást."
"Y estos pequeños errores de juicio pueden ser en nuestro detrimento".
"A tyto malé chybné úsudky nám mohou být na škodu."
"Ya sabes lo fácil que es hablar del viajero."
„Víš, jak snadné je mluvit o cestovateli."
"Él no está allí para defender su reputación de los chismes".
„Není tam proto, aby bránil svou pověst před drby."
"Esas acusaciones pueden fácilmente ser meras coincidencias".
"Tato obvinění mohou být snadno jen náhody."
"Muchas quejas ni siquiera tienen su base en ninguna verdad."
„Mnoho stížností se ani nezakládá na žádné pravdě."
"Está fuera de la oficina casi todo el año."
"Je mimo kancelář téměř celý rok."
¿Qué posibilidades tiene de defender su propia reputación?

„Jakou má šanci hájit si vlastní pověst?“
"Ni siquiera se entera de las acusaciones".
„O obviněních se ani nedozví.“
"Se entera de lo que se ha dicho cuando ya es demasiado tarde."
„Zjistí, co bylo řečeno, až když je příliš pozdě.“
A estas alturas ya está exhausto por el viaje del día.
„V té době je už vyčerpaný z celodenní cesty.“
"De todos modos, tendrá que experimentar las terribles consecuencias".
"Stejně musí zažít ty hrozné následky."
"Aunque no tiene forma de entender el problema."
"I když nemá jak problém pochopit."
"Oh, gerente, no se vaya sin decirme una palabra".
"Ach, manažere, neodcházejte beze slova."
"Al menos dime que estás de acuerdo conmigo en parte."
„Aspoň mi řekni, že se mnou částečně souhlasíš.“
Pero el manager se había alejado de Gregor mucho antes.
Ale manažer se od Gregora odvrátil mnohem dříve.
Su hombro se contrajo cuando volvió a mirar a Gregor.
Když se podíval zpět na Gregora, zachvělo se mu rameno.
Y no se quedó quieto ni un solo momento durante su discurso.
A během projevu se ani jednou nezastavil.
Él había mirado a Gregor con los labios fruncidos.
Díval se na Gregora se sevřenými rty.
Se había ido retirando gradualmente hacia la puerta.
Pomalu ustupoval ke dveřím.
Pero tampoco podía apartar la mirada de Gregor.
Ale nemohl spustit oči ani z Gregora.
Sintió como si hubiera una prohibición secreta de salir de la habitación.
Měl pocit, jako by existoval tajný zákaz opustit místnost.
Pero a estas alturas ya estaba en el vestíbulo de entrada.
Ale v této fázi už byl ve vstupní hale.
Y ahora hizo un movimiento repentino hacia la salida.
A teď prudce zamířil k východu.

Extendió su mano derecha hacia las escaleras.

Natáhl pravou ruku ke schodům.

Quizás una fuerza sobrenatural estaba esperando para salvarlo.

Možná na něj čekala nadpřirozená síla, aby ho zachránila.

Gregor sabía que no podía permitir que se fuera así.

Gregor věděl, že ho nemůže nechat jen tak odejít.

El gerente no debe regresar con el mismo humor en el que estaba.

Manažer se nesmí vrátit v takové náladě, v jaké byl.

La seguridad del trabajo de Gregor estaba en grave peligro.

Bezpečnost Gregorova zaměstnání byla velmi ohrožena.

Los padres no podían comprender plenamente todo esto.

Rodiče tomu všemu nemohli plně porozumět.

Con los años se habían acostumbrado a su seguridad laboral.

Během let si zvykli na jeho jistotu zaměstnání.

Y se convencieron de que tenía el trabajo de por vida.

A byli přesvědčeni, že tohle povolání má na celý život.

En lugar de eso, se habían ocupado de otras preocupaciones.

Místo toho byli zaneprázdněni jinými starostmi.

Pero estas preocupaciones les hicieron perder toda previsión.

Ale tyto obavy je vedly ke ztrátě veškeré předvídavosti.

Gregor, sin embargo, no había perdido la previsión paterna.

Gregor však neztratil rodičovu předvídavost.

Alguien tenía que detener al representante autorizado.

Někdo musel zastavit oprávněného zástupce.

Iba a tener que calmarlo y convencerlo.

Bude ho muset uklidnit a přesvědčit.

¡El futuro de Gregor y su familia dependía de ello!

Budoucnost Gregora a jeho rodiny na tom závisela!

Ojalá la inteligente hermana hubiera estado allí para ayudar.

Kéž by tu byla ta inteligentní sestra a pomohla.

Ella ya había llorado cuando Gregor todavía estaba en su habitación.

Už plakala, když byl Gregor ještě ve svém pokoji.

En ese momento él simplemente yacía tranquilamente boca arriba.

V tu chvíli jen tiše ležel na zádech.

Ella ya sabía entonces la importancia de la situación.

Už tehdy si uvědomovala důležitost situace.

El gerente tenía una debilidad bien conocida por las mujeres.

Manažer měl pro ženy všeobecně známou slabost.

Ella fácilmente podría haberlo persuadido para que se quedara más tiempo.

Snadno by ho mohla přesvědčit, aby zůstal déle.

Ella habría cerrado la puerta y lo habría guiado adentro.

Zavřela by dveře a vedla ho zpátky dovnitř.

Pero desafortunadamente la hermana había ido a buscar un médico.

Ale sestra bohužel šla pro lékaře.

Así que Gregor no tuvo más remedio que hacerlo él mismo.

Gregor tedy neměl jinou možnost, než to udělat sám.

No había considerado cuáles eran realmente sus habilidades.

Neuvažoval o tom, jaké jsou jeho skutečné schopnosti.

Y se había olvidado de desconfiar de su capacidad de hablar.

A zapomněl nedůvěřovat své schopnosti mluvit.

Pero aún así, abandonó la seguridad de su habitación.

Přesto však opustil bezpečí svého pokoje.

Y se abrió paso a través de la abertura de la habitación.

A protlačil se otvorem v místnosti.

El gerente ya estaba bajando las escaleras.

Manažer už scházel po schodech.

Pero él se agarraba a la barandilla con ambas manos.

Ale oběma rukama se držel zábradlí.

Gregor se cayó mientras intentaba atravesar la puerta.

Gregor spadl, když se prodíral dveřmi.

Dejó escapar un pequeño grito mientras trataba de agarrar algo para apoyarse.

Vydal tichý výkřik, když se chytil za oporu.

Pero en lugar de pánico, sintió un bienestar físico.

Ale spíše než paniku cítil fyzické blaho.

Por primera vez esa mañana algo se sintió bien.

Poprvé to ráno se něco zdálo být správné.

Todas sus piernas ahora tenían tierra sólida debajo de ellas.
Všechny jeho nohy teď měly pod sebou pevnou půdu pod
nohama.
Se sorprendió de lo bien que podía controlar sus piernas.
Překvapilo ho, jak dobře dokáže ovládat nohy.
**Se alegró de notar que sus piernas le obedecían
completamente.**
S radostí si všiml, že ho nohy naprosto poslouchají.
De hecho, sus piernas lo llevaban a donde quería.
Vlastně ho nohy nesly, kam chtěl.
Pronto todas sus penas estaban destinadas a llegar a su fin.
Brzy měly všechny jeho strasti skončit.
Pero en ese mismo momento su propia madre saltó.
Ale v tu samou chvíli vyskočila jeho vlastní matka.
Sus brazos estaban extendidos y sus dedos separados.
Měla rozpažené paže a roztažené prsty.
**Y ella gritó: "¡Socorro! ¡Por el amor de Dios, que alguien
ayude!"**
A ona vykřikla: „Pomoc, proboha, někdo pomozte!“
Ella inclinó la cabeza; quería ver mejor a Gregor.
Naklonila hlavu; chtěla Gregora lépe vidět.
**Pero en contraposición a la primera acción, ella corrió hacia
atrás.**
Ale v kontrastu s první akcí běžela zpět.
Se había olvidado que la mesa estaba puesta detrás de ella.
Zapomněla, že za ní byl prostřený stůl.
**Todos los elementos para el desayuno todavía estaban en la
mesa.**
Všechny věci k snídani byly stále na stole.
Se sentó apresuradamente en la mesa, como distraída.
Rychle se posadila na stůl, jako by ji to rozptýlilo.
Y ella no pareció darse cuenta del café derramado.
A zdálo se, že si rozlité kávy nevšimla.
El café que ahora estaba empapando la alfombra.
Káva, která se teď vsakovala do koberce.
—Mamá, madre —dijo Gregor suavemente, mirándola.
„Mami, mami,“ řekl Gregor tiše a vzhlédl k ní.

Por el momento el manager no era importante para él.
Prozatím pro něj manažer nebyl důležitý.
Pero también estaba el café goteando sobre la alfombra.
Ale také tam byla káva kapající na koberec.
Gregor no pudo resistirse a chasquear las mandíbulas al tomar el café.
Gregor neodolal a klapl čelistmi do kávy.
La madre comenzó a llorar nuevamente por su comportamiento.
Matka se kvůli jeho chování znovu rozplakala.
Ella saltó de la mesa para distanciarse de él.
Seskočila ze stolu, aby se od něj distancovala.
Y ella corrió a los brazos del padre, buscando seguridad.
A rozběhla se otci do náruče, aby se uchýlila k bezpečí.
Pero Gregor ya no tenía tiempo que perder con sus padres.
Ale Gregor teď na rodiče neměl čas nazbyt.
El oficial autorizado ya estaba en las escaleras.
Pověřený úředník už byl na schodech.
Apoyó la barbilla en la barandilla para mirar dentro de la casa.
Měl bradu opřenou o zábradlí, aby se podíval do domu.
Al parecer quería echar un último vistazo al espectáculo.
Zřejmě se chtěl na tu podívanou podívat ještě naposledy.
Y Gregor hizo un último esfuerzo para llegar hasta el gerente.
A Gregor se naposledy pokusil spojit s manažerem.
Corrió hacia la puerta tan seguro como pudo.
Běžel ke dveřím tak bezpečně, jak jen dokázal.
Pero el jefe de oficina debía de sospechar algo.
Ale vrchní úředník musel mít něco podezření.
Porque saltó varios escalones y desapareció.
Protože seskočil o několik schodů dolů a zmizel.
—¡Huh! —gritó Gregor, resonando en la escalera.
„Hm!" zakřičel Gregor a ozvěna se rozléhala schodištěm.
La fuga del gerente también pareció confundir a su padre.
Útěk manažera zřejmě zmátl i jeho otce.
Hasta entonces había conseguido mantener la compostura.

Do té doby se mu dařilo zachovat si docela klid.

Pero desgraciadamente él también perdió la compostura que había tenido.

Ale bohužel i on ztratil dřívější rozvahu.

Lo que debería haber hecho es ayudar a Gregor en su persecución.

Měl Gregorovi v jeho pronásledování pomoci.

Pero con una mano agarró el bastón del gerente.

Ale jednou rukou chytil manažerovu hůl.

Y en la otra mano sostenía ahora un periódico.

A v druhé ruce teď držel noviny.

Y ahora estorbó directamente a Gregor en su persecución.

A teď přímo překazil Gregorovi v jeho pronásledování.

Se había colocado entre Gregor y la calle.

Postavil se mezi Gregora a ulici.

Golpeó el suelo con los pies y agitó el palo y el periódico.

Dupal nohama a zamával klackem s novinami.

Y él estaba forzando activamente a Gregor a regresar a su habitación.

A aktivně nutil Gregora zpátky do jeho pokoje.

Ninguna de las peticiones que Gregor intentó hacer sirvió de algo.

Žádná z Gregorových žádostí nepomohla.

Porque ninguna de las peticiones que hizo fue entendida.

Protože žádná z jeho žádostí nebyla pochopena.

Giró la cabeza hacia un ángulo más profundo y humilde.

Otočil hlavu do hlubšího, pokornějšího úhlu.

Pero su padre respondió golpeando el suelo con más fuerza.

Ale jeho otec odpověděl ještě silnějším dupáním nohama.

La madre abrió una ventana, a pesar del clima frío.

Matka otevřela okno, i když bylo chladno.

Y apretó su cara entre sus manos en el frío.

A v chladu si skryla obličej do dlaní.

El viento ahora podría pasar por todo el apartamento.

Vítr teď mohl projít celým bytem.

Una fuerte corriente de aire soplaba desde la escalera hacia el callejón.

Od schodiště do uličky foukal silný průvan.

Las cortinas se agitaban a causa del fuerte viento.

Záclony vlály v silném větru.

Y el periódico sobre la mesa crujió con el viento.

A noviny na stole šustily ve větru.

Incluso algunas hojas fueron arrastradas hasta el interior de la casa desde el exterior.

Dokonce i nějaké listí nafouklo do domu zvenčí.

El padre pateaba y empujaba sin descanso.

Otec dupal nohama a neúnavně tlačil.

Y silbaba y hacía ruidos como lo haría un hombre salvaje.

A syčel a vydával zvuky jako divoký muž.

Pero Gregor aún no había practicado el caminar hacia atrás.

Ale Gregor ještě neměl nacvičenou chůzi pozpátku.

Incluso Gregor admitiría que este movimiento era mucho más lento.

Dokonce i Gregor by připustil, že tento pohyb byl mnohem pomalejší.

Pero lo único que quería era la oportunidad de cambiar las cosas.

Jediné, co ale chtěl, byla příležitost se otočit.

Entonces se habría ido directamente a su habitación.

Pak by šel hned do svého pokoje.

Pero tenía demasiado miedo de impacientar a su padre.

Ale příliš se bál, že by otce znervóznil.

Y allí estaba la amenaza de un golpe con el palo.

A hrozila i rána holí.

Un golpe así en la parte posterior de la cabeza podría ser fatal.

Takový úder do zadní části hlavy by mohl být smrtelný.

Pero al final Gregor no tuvo otra opción.

Ale nakonec Gregorovi nezbylo nic jiného.

Se dio cuenta de que ni siquiera podía caminar hacia atrás en línea recta.

Uvědomil si, že nedokáže chodit ani dozadu rovně.

Empezó a girar tan rápido como pudo.

Začal se otáčet tak rychle, jak jen dokázal.

Pero en realidad este movimiento giratorio era igualmente lento.

Ale ve skutečnosti byl tento otáčecí pohyb stejně pomalý.

Y le siguieron las miradas ansiosas del padre.

A otec ho sledoval úzkostlivými pohledy.

Quizás el padre notó las buenas intenciones de Gregor.

Možná si otec všiml Gregorových dobrých úmyslů.

Porque no le impidió darse la vuelta.

Protože mu nebránil v otočení.

Incluso utilizó la punta de su bastón para guiar la rotación.

Dokonce používal špičku své hole k vedení rotace.

¡Pero Gregor aún deseaba que su padre no le hubiera silbado!

Ale Gregor si stále přál, aby na něj otec nezasyčel!

El silbido sólo aumentó la confusión del momento.

Syčení jen přispělo k danému zmatku.

Y luego cometió un error y giró en la dirección equivocada.

A pak udělal chybu a odbočil špatným směrem.

Al final logró encarar el camino correcto.

Nakonec se mu konečně podařilo postavit se správným směrem.

Y estaba satisfecho con el progreso que había logrado.

A byl spokojený s pokrokem, kterého dosáhl.

Pero entonces el siguiente problema se hizo aún más evidente.

Ale pak se další problém stal ještě zřetelnějším.

Su cuerpo era demasiado ancho para pasar fácilmente por la puerta.

Jeho tělo bylo příliš široké na to, aby se snadno vešlo dveřmi.

En su estado actual el padre no se dio cuenta de esto.

V jeho současném stavu si toho otec nevšiml.

Así que no se le ocurrió abrir más la puerta.

Takže ho nenapadlo otevřít dveře dál.

Entonces habría habido suficiente espacio para Gregor.

Pak by tam byl dostatek místa pro Gregora.

Su única prioridad era conseguir que Gregor entrara a su habitación.

Jeho jedinou prioritou bylo dostat Gregora do svého pokoje.

Habría tenido que ponerse de pie para poder pasar por la puerta.

Musel by se postavit, aby se protáhl dveřmi.

Pero el padre no hubiera permitido tal maniobra.

Ale otec by takový manévr nedovolil.

De hecho, le estaba siseando aún más salvajemente que antes.

Vlastně na něj syčel ještě divočeji než předtím.

Sonaba como si más de un hombre le estuviera silbando.

Znělo to, jako by na něj syčel víc než jen jeden muž.

Sus demandas parecían tener una nueva urgencia detrás.

Jeho požadavky jako by měly novou naléhavost.

Realmente ya no había más tiempo para perder el tiempo.

Teď už opravdu nebyl čas na blbnutí.

Pasara lo que pasara, Gregor tenía que atravesar la puerta.

Ať se stalo cokoli, Gregor se musel dostat dveřmi.

Se abrió paso sin ningún respeto por sí mismo.

Protlačil se dál bez jakékoli sebeúcty.

Un lado de su cuerpo fue empujado hacia arriba por el movimiento.

Jedna strana jeho těla byla pohybem tlačena nahoru.

Y él yacía torpe y torcido en el umbral de la puerta.

A ležel neohrabaně a křivě mezi dveřmi.

Uno de sus flancos quedó en carne viva rozando la madera.

Jeden z jeho boků byl odřený o dřevo.

Y había dejado feas manchas en la puerta pintada de blanco.

A na bíle natřených dveřích zanechal ošklivé skvrny.

Las piernas de uno de sus costados colgaban temblando en el aire.

Nohy na jedné straně mu třásly se ve vzduchu.

Sus otras piernas estaban presionadas dolorosamente contra el suelo.

Jeho ostatní nohy byly bolestivě přitisknuté k podlaze.

Pronto se quedaría atrapado completamente entre las puertas.

Brzy bude mezi těmi dveřmi úplně zaseknutý.

Y entonces no habría podido moverse en absoluto.

A pak by se vůbec nemohl pohnout.

Pero el padre le dio un fuerte empujón realmente liberador.

Ale otec mu dal skutečně osvobozující silný impuls.

Y cayó, sangrando profusamente, hasta el fondo de su habitación.

A silně krváceje spadl hluboko do svého pokoje.

El padre cerró la puerta tras de sí con su bastón.

Otec za sebou práskl dveřmi holí.

Y finalmente hubo algo de paz y tranquilidad nuevamente.

A pak konečně zase nastal klid a ticho.

<h1 style="text-align:center">Segunda parte</h1>
Druhá část

Gregor no se despertó hasta mucho más tarde ese mismo día.

Gregor se probudil až mnohem později během dne.

Había anochecido; había dormido profundamente e inconscientemente.

Padl soumrak; spal tvrdě a bez vědomí.

Se habría despertado incluso sin que nadie lo hubiera molestado.

Probudil by se i bez vyrušení.

Porque se sentía suficientemente descansado y bien dormido.

Protože se cítil dostatečně odpočatý a dobře vyspalý.

Pero le pareció oír unos pasos fugaces afuera.

Ale zdálo se mu, že venku slyšel nějaké letmé kroky.

Y alguien podría haber cerrado cuidadosamente la puerta principal.

A někdo možná opatrně zavřel vchodové dveře.

La luz del tranvía eléctrico se reflejaba pálidamente en el techo.

Světlo elektrické tramvaje leželo bledě na stropě.

La parte superior del mueble también recibió un poco de luz.

Vršek nábytku také dostal trochu světla.

Pero allá abajo, a la altura de Gregor, estaba oscuro.

Ale dole na zemi, na Gregorově úrovni, byla tma.

Sus piernas lo empujaron lentamente hacia la puerta nuevamente.

Jeho nohy ho pomalu tlačily zpět ke dveřím.

Tenía mucha curiosidad por ver qué había sucedido allí.

Byl velmi zvědavý, co se tam stalo.

Pero su control de sus sensores aún no estaba desarrollado.

Ale jeho ovládání citů ještě nebylo vyvinuto.

Aunque empezó a apreciar estos nuevos sensores.

I když si tyto nové senzory začal vážit.

Una cicatriz larga y desagradable parecía recorrer su costado izquierdo.
Po levé straně se mu zdánlivě táhla dlouhá nepříjemná jizva.
La cicatriz parecía como si apretara ese lado de su cuerpo.
Jizva jako by mu stahovala tu stranu těla.
Y entonces tuvo que cojear literalmente sobre sus dos filas de piernas.
A tak musel doslova kulhat na svých dvou řadách nohou.
Esa mañana una de sus piernas resultó gravemente herida.
Toho rána měl vážně zraněnou jednu nohu.
Realmente fue un milagro que no se hubiera roto más piernas.
Byl to vlastně zázrak, že si nezlomil další nohy.
Y así arrastró sin vida su pierna herida.
A tak si bezvládně vláčel zraněnou nohu za sebou.
Cuando llegó a la puerta se dio cuenta de algo profundo.
Když došel ke dveřím, uvědomil si něco hlubokého.
Fue el olor de algo lo que lo atrajo hasta allí.
Byl to zápach něčeho, co ho tam zlákalo.
A Gregor le habían dejado algo comestible en su habitación.
Pro Gregora nechali v pokoji něco jedlého.
Trozos de pan blanco flotando en un cuenco de leche dulce.
Kousky bílého chleba plovoucí v misce sladkého mléka.
Apenas podía contener la alegría que había dentro de él.
Jen stěží dokázal potlačit radost, která v něm drásala.
Ahora tenía incluso más hambre que por la mañana.
Měl teď ještě větší hlad než ráno.
Inmediatamente sumergió su cabeza en el cuenco de leche.
Okamžitě ponořil hlavu do misky s mlékem.
La leche le salía casi por toda la cabeza, hasta los ojos.
Mléko mu vytékalo skoro z hlavy, až k očím.
Pero pronto echó la cabeza hacia atrás, amargamente decepcionado.
Ale brzy zaklonil hlavu, hořce zklamaný.
Comer era difícil debido a su delicado lado izquierdo.
Jídlo bylo obtížné kvůli jeho citlivé levé straně.
Y sólo podía comer jadeando con todo su cuerpo.

A jíst mohl jen lapáním po dechu celým tělem.
Pero esa no fue la verdadera razón de su decepción.
Ale to nebyl pravý důvod jeho zklamání.
La leche siempre había sido uno de sus platos favoritos.
Mléko vždycky patřilo k jeho nejoblíbenějším jídlům.
No tenía ninguna duda de que su hermana recordaba esto.
Nepochyboval o tom, že si to jeho sestra pamatovala.
Y esa fue la razón por la que le había dado leche.
A to byl důvod, proč mu dala mléko.
No podía explicar por qué ahora no le gustaba la leche.
Nedokázal vysvětlit, proč teď nemá rád mléko.
Y se apartó del cuenco casi con reticencia.
A odvrátil se od misky téměř s neochotou.
Decepcionado, se arrastró de nuevo hasta el centro de la habitación.
Zklamaný se odplazil zpátky doprostřed místnosti.
Desde allí pudo ver a través de la rendija de la puerta.
Zde mohl vidět skrz škvíru ve dveřích.
Pudo ver que el fuego en la sala de estar estaba encendido.
Viděl, že v obývacím pokoji hoří krb.
Generalmente a esta hora el padre leía el periódico.
Obvykle v tuto dobu otec četl noviny.
Él siempre solía leerle a la madre en voz alta.
Vždycky četl matce zvýšeným hlasem.
A veces la hermana también escuchaba al padre.
Někdy i sestra poslouchala otce.
Ella siempre le había contado a Gregor sobre esta lectura en voz alta.
Vždycky Gregorovi o tomhle čtení nahlas vyprávěla.
Pero hoy no se oía ningún sonido en la habitación.
Ale dnes se z místnosti neozval žádný zvuk.
Quizás este hábito ya había caído en desuso.
Možná, že tento zvyk už vyšel z praxe.
Un profundo silencio se había apoderado de todo el apartamento.
V celém bytě se rozhostilo hluboké ticho.

Aunque sabía que el apartamento ciertamente no estaba vacío.

I když věděl, že byt rozhodně není prázdný.

«¡Qué vida tan tranquila lleva la familia!», pensó Gregor.

„To je ale klidný život," pomyslel si Gregor.

Y miró hacia la oscuridad con gran orgullo.

A s velkou hrdostí zíral do tmy.

Estaba orgulloso de la vida que había podido darles.

Byl hrdý na život, který jim mohl dát.

Estaba orgulloso del hermoso apartamento en el que vivían.

Byl hrdý na krásný byt, ve kterém žili.

¿Pero toda esta paz estaba a punto de tener un final terrible?

Ale měl veškerý tento mír skončit hrozným způsobem?

¿Les iban a quitar su prosperidad?

Měla jim být odebrána prosperita?

¿Su satisfacción ahora era incierta en el futuro?

Byla jejich spokojenost v budoucnu nyní nejistá?

Pero él no quería perderse en tales pensamientos.

Ale nechtěl se v takových myšlenkách ztratit.

Para mantenerse ocupado se arrastraba arriba y abajo por las paredes.

Aby se něčím zaměstnával, plazil se po zdech nahoru a dolů.

Durante la larga velada una puerta estaba entreabierta.

Během dlouhého večera se jedny dveře lehce pootevřely.

Y en otro momento la otra puerta se abrió un poquito.

A jindy se druhé dveře trochu pootevřely.

Pero en ambas ocasiones las puertas se cerraron rápidamente de nuevo.

Ale v obou případech se dveře rychle zase zavřely.

Estaba claro que alguien de fuera tenía el deseo de entrar.

Někdo zvenčí měl evidentně touhu vejít dovnitř.

Pero también tenían demasiadas preocupaciones acerca de venir.

Ale také měli příliš mnoho obav z příchodu.

Gregor ahora se detuvo directamente en la puerta de la sala de estar.

Gregor se nyní zastavil přímo u dveří obývacího pokoje.

Estaba decidido a tentar de algún modo al indeciso visitante.
Byl odhodlán váhajícího návštěvníka nějak nalákat.
Y también quería saber quién había sido el visitante.
A také chtěl vědět, kdo byl ten návštěvník.
Pero aquella noche la puerta no se abrió una tercera vez.
Ale toho večera se dveře potřetí neotevřely.
Y Gregorio esperaba en vano junto a la puerta.
A Gregor marně trávil čas čekáním u dveří.
Más temprano ese día todos querían entrar a la habitación.
Dříve toho dne chtěli všichni vejít do místnosti.
Ahora que las puertas estaban desbloqueadas sería más fácil para ellos.
Teď, když byly dveře odemčené, to pro ně bylo jednodušší.
Pero ellos prefirieron quedarse al otro lado de la habitación.
Ale rozhodli se zůstat na druhé straně místnosti.
Gregor se dio cuenta de que las llaves ya no estaban en sus cerraduras.
Gregor si všiml, že klíče už nejsou v zámcích.
Alguien debe haber movido las llaves a la cerradura exterior.
Někdo musel přesunout klíče k vnějšímu zámku.
Sólo tarde por la noche se apagó la luz de la sala de estar.
Teprve pozdě v noci zhaslo světlo v obývacím pokoji.
La familia debe haber permanecido despierta todo el tiempo.
Rodina musela celou dobu zůstat vzhůru.
Y Gregor podía oírlos claramente alejándose de puntillas.
A Gregor je jasně slyšel, jak se po špičkách vzdalují.
Ahora nadie vendría a ver a Gregor hasta la mañana.
Teď už za Gregorem nikdo nepřijde až do rána.
Así que tuvo mucho tiempo para sí mismo, para pensar sin interrupciones.
Měl tedy spoustu času pro sebe, aby nerušeně přemýšlel.
¿Cuál sería la mejor manera de reorganizar su vida ahora?
Jaký by byl nejlepší způsob, jak si teď reorganizovat život?
Pero las altas paredes de la habitación vacía lo asustaban.
Ale vysoké zdi prázdné místnosti ho děsily.
No le quedó más remedio que tumbarse en el suelo.
Neměl jinou možnost, než se položit na zem.

Y nunca encontró la causa de su miedo en ese espacio.
A v tom prostoru nikdy nenašel příčinu svého strachu.
Era la misma habitación en la que había vivido durante cinco años.
Byl to ten samý pokoj, ve kterém žil pět let.
Medio inconscientemente hizo un movimiento hacia el sofá.
Napůl bezděčně se pohnul k pohovce.
Y sin ninguna vergüenza se escondió debajo del sofá.
A bez jakéhokoli studu se schoval pod pohovku.
Allí abajo se sintió inmediatamente de nuevo muy a gusto.
Tam dole se okamžitě cítil zase velmi pohodlně.
A pesar de que tenía la espalda un poco presionada.
Přestože měl trochu otlačená záda.
Ya no podía levantar la cabeza debajo del sofá.
Už nemohl ani zvednout hlavu pod pohovkou.
Pero incluso esto lo prefería a estar en cualquier espacio abierto.
Ale i tomu dával přednost před jakýmkoli otevřeným prostranstvím.
Sin embargo, lamentó que su cuerpo fuera tan ancho.
Litoval však, že jeho tělo bylo tak široké.
El sofá no podía cubrir completamente todo su cuerpo.
Pohovka nemohla zcela zakrýt celé jeho tělo.
Se quedó debajo del sofá toda la noche.
Zůstal pod pohovkou celou noc.
La noche la pasó medio dormido, perturbado por el hambre.
Noc strávil v napůl spáncích, vyrušený hladem.
Y el tiempo que estaba despierto lo pasaba preocupado o esperanzado.
A čas, kdy byl vzhůru, trávil buď starostmi, nebo nadějí.
Pero todas sus vagas esperanzas llevaron a la misma conclusión.
Ale všechny jeho neurčité naděje vedly ke stejnému závěru.
No tuvo más remedio que permanecer en silencio por el momento.
Neměl jinou možnost, než prozatím mlčet.
Tuvo que mostrar paciencia y consideración hacia la familia.

Musel projevit trpělivost a ohleduplnost k rodině.

Era la única manera de hacer soportable el inconveniente.

Byl to jediný způsob, jak si tu nepříjemnost udělat snesitelnou.

Los inconvenientes que ahora estaba causando a la familia.

Nepříjemnosti, které teď rodině způsoboval.

No tuvo que esperar mucho para demostrar su compasión.

Nemusel dlouho čekat, než prokázal svůj soucit.

Temprano por la mañana la hermana miró dentro de su habitación.

Brzy ráno se sestra podívala do jeho pokoje.

Aunque en realidad era tan de noche como de mañana.

I když ve skutečnosti byla stejně tak noc jako ráno.

Ella estaba completamente vestida y parecía mostrar entusiasmo.

Byla kompletně oblečená a zdálo se, že projevuje vzrušení.

La fuerza de su nueva decisión podría ser puesta a prueba.

Síla jeho nově učiněného rozhodnutí mohla být prověřena.

Ella no lo encontró inmediatamente con su primera mirada.

Nenašla ho hned na první pohled.

Tenía que estar en algún lugar, no podía haber volado.

Musel někde být, nemohl uletět.

Pero entonces sus ojos hicieron un segundo recorrido por la habitación.

Ale pak její oči znovu přelétly po místnosti.

Y esta vez vio su torso debajo del sofá.

A tentokrát zahlédla jeho trup pod pohovkou.

Estaba tan asustada que perdió todo el control de sí misma.

Byla tak vyděšená, že ztratila veškerou sebekontrolu.

Y su primera reacción fue cerrar la puerta de golpe.

A její první reakcí bylo znovu prásknout dveřmi.

Pero también pareció arrepentirse inmediatamente de su comportamiento.

Ale zdálo se, že svého chování okamžitě litovala.

Tan pronto como cerró la puerta de golpe, la abrió de nuevo.

Jakmile práskla dveřmi, znovu je otevřela.

Y esta vez entró de puntillas en la habitación con cuidado.

A tentokrát se opatrně po špičkách vkradla do místnosti.

Se movía como si estuviera visitando a una persona
gravemente enferma.
Pohybovala se, jako by navštěvovala těžce nemocného
člověka.
O tal vez estaba visitando a un completo desconocido.
Nebo mohla navštívit úplně cizího člověka.
Gregor empujó su cabeza casi hasta el borde del sofá.
Gregor strčil hlavu téměř k okraji pohovky.
Y desde debajo de la caja fuerte la observaba en la
habitación.
A zpod trezoru ji pozoroval v pokoji.
¿Se daría cuenta de que había dejado la leche?
Všimne si, že tam nechal mléko?
No había dejado la leche por falta de hambre.
Neopustil mléko, protože by neměl hlad.
¿En lugar de eso le traería comida diferente?
Přinese mu místo toho jiné jídlo?
Quizás un plato que se ajustara mejor a sus preferencias.
Možná pokrm, který by lépe vyhovoval jeho preferencím.
Pero ella misma habría tenido que notar su apetito.
Ale jeho chuti k jídlu si musela všimnout sama.
Preferiría morir de hambre antes que hacerle saber eso.
Raději by zemřel hlady, než aby jí to dal najevo.
En realidad le habría gustado mucho decírselo.
Vlastně by jí to moc rád řekl.
Estuvo realmente tentado de disparar desde debajo del sofá.
Opravdu ho lákalo vystřelit zpod pohovky.
Quería arrojarse a los pies de su hermana.
Chtěl se vrhnout sestře k nohám.
Y quiso pedirle algo bueno para comer.
A chtěl ji požádat o něco dobrého k jídlu.
Pero entonces la hermana miró hacia el cuenco de leche.
Ale pak sestra pohlédla k misce s mlékem.
Inmediatamente se dio cuenta de que el cuenco todavía
estaba lleno.
Okamžitě si všimla, že mísa je stále plná.
Le sorprendió bastante que Gregor no hubiera comido nada.

Docela ji překvapilo, že Gregor nic nejedl.
Sólo se había derramado un poco de leche en el suelo.
Na podlahu se rozlilo jen trochu mléka.
Inmediatamente cogió el cuenco y lo sacó.
Okamžitě zvedla misku a odnesla ji.
Él vio que ella no recogió el cuenco con sus propias manos.
Viděl, že nezvedla misku holýma rukama.
En lugar de eso, recogió el cuenco con uno de los trapos.
Místo toho zvedla misku jedním z hadrů.
Pero Gregor se olvidó muy rápidamente de este pequeño detalle.
Gregor ale na tento drobný detail velmi rychle zapomněl.
Ahora estaba mucho más entusiasmado por otra cosa.
Teď ho mnohem víc nadchlo něco jiného.
¿Qué podría traer como reemplazo de la leche?
Co by mohla přinést jako náhradu za mléko?
Tenía varios pensamientos sobre lo que ella podría traer.
Měl různé myšlenky o tom, co by mohla přinést.
Pero la bondad de su hermana superó sus expectativas.
Ale laskavost jeho sestry předčila jeho očekávání.
Se dio cuenta de que tenía que probar cuáles eran sus nuevos gustos.
Uvědomila si, že musí vyzkoušet, jaké jsou jeho nové chutě.
Así que trajo toda una selección de alimentos diferentes.
Takže přinesla celý výběr různého jídla.
Verduras medio podridas, huesos de la cena.
Napůl shnilá zelenina, kosti z večeře.
Salsa solidificada de la otra comida que habían comido.
Ztuhlá omáčka z předchozího jídla, které snědli.
Unas pasas, unas almendras, pan seco, pan con mantequilla.
Pár rozinek, trochu mandlí, suchý chléb, máslový chléb.
Un poco de pan untado con mantequilla y también con sal.
Trochu chleba, který byl namazaný máslem a také osolený.
Queso que Gregor había declarado incomestible hacía dos días.
Sýr, který Gregor před dvěma dny prohlásil za nepoživatelný.
Toda esta selección de comida fue colocada en un periódico.

Veškerý tento výběr jídla byl umístěn do novin.

Y también colocó un recipiente con agua al lado de sus comidas.

A také mu k jídlu postavila misku s vodou.

Ella sabía que Gregor no habría comido delante de ella.

Věděla, že by Gregor před ní nejedl.

Entonces, por respeto hacia él, salió nuevamente de la habitación.

Z úcty k němu tedy znovu odešla z místnosti.

Y hasta giró la llave en la cerradura al salir.

A dokonce otočila klíčem v zámku, když odcházela.

Pero ella giró la llave muy silenciosamente y con mucho cuidado.

Ale otočila klíčem velmi tiše a opatrně.

De esta manera sólo Gregor sabría que la puerta estaba cerrada.

Takhle by jen Gregor věděl, že jsou dveře zamčené.

Ahora podía ponerse tan cómodo como quisiera.

Teď se mohl usadit tak pohodlně, jak chtěl.

Las piernas de Gregor zumbaban cuando llegó la hora de comer.

Gregorovi se nohy třásly, když nastal čas jídla.

Lo que vale la pena destacar es que ya no sentía ninguna molestia.

Za zmínku stojí, že už necítil žádné nepohodlí.

Sus heridas deben haber sanado ya por completo.

Jeho rány se už musely úplně zahojit.

Porque ya no sentía sus discapacidades anteriores.

Protože už necítil své dřívější postižení.

Su nueva capacidad de curar lo sorprendió y lo asombró.

Jeho nová schopnost léčit ho překvapila a ohromila.

Hace más de un mes se cortó el dedo con un cuchillo.

Před více než měsícem se řízl nožem do prstu.

Hasta hace dos días esa herida todavía le dolía.

Ještě před dvěma dny ho ta rána stále bolela.

"¿Soy mucho menos sensible ahora?" pensó para sí mismo.

„Jsem teď mnohem méně citlivý?" pomyslel si.

Para entonces ya estaba chupando con avidez el queso.
Tou dobou už chamtivě cucal sýr.
**Se sintió atraído por el queso más que por el resto de la
comida.**
Víc než ostatní jídlo ho lákal sýr.
Comió rápidamente un trozo de queso tras otro.
Rychle snědl jeden kousek sýra za druhým.
Sus ojos se llenaron de lágrimas de satisfacción al probarlo.
Oči se mu slzily uspokojením z jeho chuti.
Después del queso comió las verduras y la salsa.
Po sýru snědl zeleninu a omáčku.
Sin embargo, la comida fresca no le sabía bien.
Čerstvé jídlo mu ale nechutnalo.
**De hecho, ni siquiera podía soportar el olor de la comida
fresca.**
Vlastně ani nesnesl vůni čerstvého jídla.
**Incluso arrastró el resto de la comida lejos de la comida
fresca.**
Dokonce i ostatní jídlo odtáhl od čerstvého jídla.
Y muy rápidamente terminó la comida más comestible.
A velmi rychle snědl i to nejpoživatelnější jídlo.
**Toda aquella deliciosa comida tuvo sobre él un efecto
soporífero.**
Všechno to lahodné jídlo na něj mělo uspávací účinek.
**Y él permaneció acostado perezosamente en el lugar donde
había comido.**
A líně ležel na místě, kde jedl.
**Finalmente su hermana regresó para ver cómo estaba
nuevamente.**
Nakonec se ho jeho sestra vrátila, aby se na něj znovu
podívala.
Tuvo la previsión de girar la llave muy lentamente.
Měla tu předvídavost, že otočila klíčem velmi pomalu.
Esto le dio a Gregor una advertencia de que debía retirarse.
To Gregora varovalo, že by se měl stáhnout.
**Aturdido y sobresaltado, se apresuró a volver debajo del
sofá.**

Omámený a polekaný se spěchal zpátky pod pohovku.
Pero quedarse debajo del sofá no fue tan fácil esta vez.
Ale zůstat pod pohovkou tentokrát nebylo tak snadné.
Su cuerpo se había vuelto un poco redondeado por tanta comida.
Jeho tělo se od všeho toho jídla trochu zakulatilo.
Y tuvo que controlarse para no quedarse sin nada otra vez.
A musel se ovládat, aby znovu neutekl.
Aunque la hermana no permaneció mucho tiempo en la habitación.
I když sestra v pokoji dlouho nezůstala.
Le costaba respirar en ese estrecho espacio.
V tom úzkém prostoru se mu těžko dýchalo.
Pero él siguió adelante a pesar de los pequeños ataques de asfixia.
Ale protlačil se i přes malé záchvaty dušení.
Con ojos desorbitados observaba las actividades de la hermana.
S vypoulenýma očima sledoval sestřino dělání.
La hermana desprevenida vertió todo en un balde.
Nic netušící sestra všechno nalila do kbelíku.
Ella no sólo se deshizo de la comida que Gregor no había comido.
Nejenže se zbavila jídla, které Gregor nesnědl.
Pero también se deshizo de la comida que él no había tocado.
Ale také zlikvidovala jídlo, kterého se nedotkl.
Al parecer esa comida ya no era comestible para nadie.
Zjevně to jídlo už nebylo pro nikoho k jídlu.
Luego cerró el cubo de comida con una tapa de madera.
Pak zavřela kbelík s jídlem dřevěným víkem.
Y con la comida, el balde y el trapeador, se fue.
A s jídlem, kbelíkem a mopem odešla.
Gregor no habría podido esperar mucho más tiempo.
Gregor by už nemohl dlouho čekat.
Tan pronto como ella se fue, él se escapó de debajo del sofá.
Jakmile odešla, utekl zpod pohovky.

Y se estiró y resopló aliviado.
A protáhl se a úlevou si oddechl.
Así recibía Gregorio comida de vez en cuando.
Takhle Gregor odteď dostával jídlo.
Su hermana le dio de comer una vez temprano en la mañana.
Jeho sestra mu jednou brzy ráno dala jídlo.
A esta hora los padres y la criada todavía dormían.
V tuto hodinu rodiče a služebná ještě spali.
Y recibió una segunda comida después de que todos almorzaron.
A druhé jídlo dostal poté, co všichni obědvali.
Porque en ese momento los padres también durmieron un rato.
Protože v té době si i rodiče chvíli pospali.
Y la doncella fue enviada por su hermana a hacer algún recado.
A služebnou poslala sestra pryč s nějakou pochůzkou.
Ciertamente no tenían intención de dejar morir de hambre a Gregor.
Rozhodně neměli v úmyslu Gregora nechat vyhladovět.
Pero tampoco hubieran querido verlo comer.
Ale ani by se na něj při jídle dívat nechtěli.
Lo que mencionó la hermana fue suficiente información.
To, co sestra zmínila, bylo dostatečné množství informací.
Quizás era su manera de ahorrarles dolor a los padres.
Možná to byl její způsob, jak ušetřit rodičům zármutek.
Ya habían sufrido bastante por sus acciones.
Už tak si jeho činy vytrpěli dost.

El primer día se iba convirtiendo poco a poco en un recuerdo lejano.
První den se pomalu stával vzdálenou vzpomínkou.
Gregor no tenía forma de saber lo que pasó ese día.
Gregor neměl jak vědět, co se ten den stalo.
¿Cómo fue guiado el cerrajero fuera del apartamento?
Jak byl zámečník vyveden z bytu?
¿Con qué excusas quedó finalmente satisfecho el médico?

S jakými výmluvami byl doktor nakonec spokojen?
No había encontrado ningún modo de hacerse entender.
Nenašel žádný způsob, jak se vyjádřit srozumitelně.
Ni siquiera logró comunicarse con su hermana.
Ani se mu nepodařilo komunikovat se svou sestrou.
Y entonces pensaron que no podía entenderlos.
A tak si mysleli, že jim nerozumí.
Y por eso no se hizo ningún esfuerzo para hablar con él.
A proto se s ním ani nepokusilo promluvit.
Su hermana entraba en su habitación todas las mañanas y a la hora del almuerzo.
Jeho sestra chodila k němu do pokoje každé ráno a na oběd.
Pero él tuvo que contentarse con escuchar sus suspiros.
Ale musel se spokojit s tím, že slyšel její vzdechy.
Más tarde se acostumbró un poco más a la forma de Gregor.
Později si na Gregorovu postavu trochu víc zvykla.
Y se sintió un poco más libre para hacer más comentarios.
A cítila trochu více svobody, aby mohla učinit další poznámky.
(Aunque nunca se acostumbraría del todo a él.)
(I když si na něj nikdy úplně nezvykne.)
Y entonces Gregor se sintió nuevamente hablado un poco más.
A pak se Gregor cítil zase o něco víc promluvený.
Y captó lo que percibió como comentarios amistosos.
A zachytil to, co vnímal jako přátelské poznámky.
"Disfrutó su comida hoy" o "comió todo".
„Dnes si jídlo užil," nebo „snědl všechno."
Pero eso fue sólo cuando hubo comido toda su comida.
Ale to bylo až poté, co snědl všechno své jídlo.
Pero últimamente esto se está volviendo cada vez menos frecuente.
Ale v poslední době se to stávalo čím dál méně často.
"Apenas tocaba la comida", decía ella con más frecuencia ahora.
„Skoro se jídla nedotkl," říkala teď častěji.
Y había un toque de tristeza en su voz cada vez.

A v jejím hlase byl pokaždé náznak smutku.
Gregor no pudo escuchar ninguna otra noticia más directamente.
Gregor nemohl slyšet žádné další zprávy přímočařeji.
Pero escuchó muchas noticias de las habitaciones contiguas.
Ale zaslechl spoustu zpráv ze sousedních pokojů.
Al oír voces corrió hacia la puerta correspondiente.
Když uslyšel hlasy, běžel k odpovídajícím dveřím.
Y apretó todo su cuerpo contra la puerta para escuchar.
A celým tělem se přitiskl ke dveřím, aby slyšel.
Todas las conversaciones le concernían de una manera u otra.
Všechny rozhovory se ho tak či onak týkaly.
Incluso cuando el tema parecía ser sobre otra cosa.
I když se zdálo, že téma se týká něčeho jiného.
Esta observación fue especialmente cierta en los primeros tiempos.
Toto pozorování platilo zejména v raných dobách.
Durante cada comida repetían la misma discusión.
Během každého jídla opakovali stejnou diskusi.
Todavía no estaban seguros de cómo comportarse a su alrededor.
Pořád si nebyli jistí, jak se v jeho přítomnosti chovat.
Pero el mismo tema también se discutió entre comidas.
Ale stejné téma se probíralo i mezi jídly.
Porque siempre había dos miembros de la familia en casa.
Protože doma byli vždy dva členové rodiny.
Nadie quería quedarse solo en la casa.
Nikdo nechtěl zůstat doma sám.
Pero dejar el piso vacío tampoco era una opción.
Ale nechat byt prázdný také nepřipadalo v úvahu.
La criada era la única que no estaba atada al apartamento.
Služebná byla jediná, kdo nebyl vázán k bytu.
Ella ya había pedido irse el primer día.
Už první den požádala o odchod.
Ella se puso de rodillas y pidió que la despidieran.
Klekla si a prosila, aby ji propustili.

La familia no sabía cuánto sabía realmente la criada.
Rodina nevěděla, kolik toho služebná doopravdy ví.
En ese momento ella no había visto más que nadie.
V té fázi neviděla víc než kdokoli jiný.
Lo sucedido todavía era un misterio para la familia.
Co se stalo, bylo pro rodinu stále záhadou.
Pero un cuarto de hora después se despidió.
Ale o čtvrt hodiny později se rozloučila.
Y agradeció a la familia con lágrimas en los ojos.
A se slzami v očích poděkovala rodině.
Pero en realidad les agradeció por haberla liberado.
Ale ve skutečnosti jim poděkovala za to, že ji propustili.
Parecían haberle mostrado la mayor bondad.
Zdálo se, že jí prokázali největší laskavost.
Incluso hizo un juramento sin que se lo pidieran.
Dokonce složila přísahu, aniž by o to byla požádána.
Dijo que no le contaría a nadie lo que había sucedido.
Řekla, že nikomu neřekne, co se stalo.
Ahora la hermana tenía que cocinar junto con su madre.
Teď musela sestra vařit společně s matkou.
Pero esto realmente no era un gran inconveniente.
Ale tohle vlastně nebyla až tak velká nepříjemnost.
Porque de todas formas los dos no comían casi nada.
Protože ti dva stejně skoro nic nejedli.
Gregor escuchó una y otra vez la misma conversación.
Gregor znovu a znovu zaslechl tentýž rozhovor.
Una persona le decía a otra que tenía que comer más.
Jeden člověk říkal druhému, že musí víc jíst.
Pero esa persona no recibió ninguna respuesta de la persona.
Ale dotyčná osoba od dané osoby nedostala žádnou odpověď.
"Gracias, tengo suficiente", o algo similar.
„Děkuji, mám toho dost" nebo něco podobného.
Quizás ya no bebían nada tampoco.
Možná už taky nic nepili.
La hermana a menudo le preguntaba a su padre si quería cerveza.
Sestra se často ptala otce, jestli si dá pivo.

Y ella misma se ofreció calurosamente a ir a buscar la cerveza.

A vřele se nabídla, že pivo donese sama.

El padre siempre permanecía en silencio ante su petición.

Otec na její žádost vždy mlčel.

Así que la hermana tuvo que encontrar una manera de eliminar cualquier duda.

Sestra tedy musela najít způsob, jak odstranit jakékoli pochybnosti.

Y ella dijo que enviaría a la criada a buscar algo de cerveza.

A řekla, že pošle služku pro pivo.

Pero entonces el padre finalmente dijo un gran y rotundo "no".

Ale pak otec konečně řekl velké, hlasité „ne".

Luego ya no se volvió a mencionar el tema de tomar una cerveza.

Pak se už téma o tom, že si dá pivo, nezmínilo.

Ya había explicado anteriormente la situación financiera.

Finanční situaci už vysvětlil dříve.

De hecho, mencionó las finanzas el primer día.

Ve skutečnosti se o financích zmínil hned první den.

Les hizo saber perfectamente cuáles eran las perspectivas.

Dobře je upozornil na to, jaké jsou jejich vyhlídky.

Su propio negocio se había derrumbado hacía unos cinco años.

Jeho vlastní podnikání zkrachovalo asi před pěti lety.

De vez en cuando se levantaba para abandonar la mesa.

Občas vstal, aby odešel od stolu.

Y se dirigió a la caja registradora de su antiguo negocio.

A šel k pokladně svého starého podniku.

Había salvado la caja registradora por sentimentalismo.

Pokladnu si uložil ze sentimentality.

Gregor lo oyó abrir una cerradura pesada y complicada.

Gregor ho slyšel, jak odemyká těžký a složitý zámek.

Y sacó recibos y libros de la caja.

A z pokladny vyndal účtenky a knihy.

Después de tomar los objetos volvió a cerrar la caja fuerte.

Poté, co si věci vzal, pokladnu znovu zamkl.
Gregor no había tenido buenas noticias desde su encarcelamiento.
Gregor od svého uvěznění neslyšel žádné dobré zprávy.
Pensó que el negocio había llevado a la quiebra a su padre.
Myslel si, že podnikání přivedlo jeho otce k bankrotu.
El padre seguramente le había dado esa impresión a Gregor.
Otec v Gregorovi jistě zanechal takový dojem.
Y Gregor nunca le preguntó más sobre las finanzas.
A Gregor se ho už nikdy nezeptal na finance.
Gregor quería hacer todo lo posible para ayudar a la familia.
Gregor chtěl udělat vše, co bylo v jeho silách, aby rodině pomohl.
Quería ayudarlos a olvidar la desgracia empresarial.
Chtěl jim pomoci zapomenout na obchodní neštěstí.
La quiebra que provocó la desesperanza más completa.
Bankrot, který přinesl naprostou beznaděj.
Así que empezó a trabajar con una pasión muy especial.
a tak začal pracovat s velmi zvláštní vášní.
Se había convertido en un vendedor ambulante casi de la noche a la mañana.
Téměř přes noc se z něj stal obchodní cestující.
Antes de eso, sólo había trabajado como empleado con un salario bajo.
Předtím pracoval jen jako nízkoplacený úředník.
Ahora tenía oportunidades de ingresos completamente diferentes.
Teď měl úplně jiné možnosti výdělku.
Las ventas exitosas podrían convertirse inmediatamente en efectivo.
Úspěšné prodeje bylo možné okamžitě převést na hotovost.
El dinero en efectivo, por supuesto, se paga con sus comisiones.
Hotovost samozřejmě vyplácena z jeho provizí.
Ahora Gregor podía poner dinero en la mesa familiar.
Teď si Gregor mohl dát peníze na rodinný stůl.
Y estaban asombrados y contentos con sus ganancias.

A byli ohromeni a šťastni z jeho výdělku.
Pero esos tiempos hermosos no se repetirán nuevamente.
Ale ty krásné časy se už nezopakují.
Apenas se habían acostumbrado a esos buenos tiempos.
Teprve si zvykli na tyhle hezké časy.
Cada día de pago la familia aceptaba el dinero con gratitud.
Rodina vděčně přijímala peníze každou výplatu.
Y Gregor estaba igualmente feliz de entregar el dinero.
A Gregor peníze stejně rád předal.
Pero el cálido afecto que recibía a cambio fue muriendo lentamente.
Ale vřelá náklonnost projevovaná na oplátku pomalu umírala.
Sólo su hermana permaneció tan cerca de Gregor como antes.
Jen jeho sestra zůstala Gregorovi stejně blízká jako dříve.
Ella, a diferencia de Gregor, tenía un profundo aprecio por la música.
Na rozdíl od Gregora měla pro hudbu hluboké uznání.
Y ella sabía tocar el violín de una manera muy conmovedora.
A uměla hrát na housle velmi dojemně.
Gregor planeó en secreto enviarla a la escuela de música.
Gregor tajně plánoval, že ji pošle do hudební školy.
Aún no había decidido cómo pagaría los gastos.
Ještě se nerozhodl, jak uhradí výdaje.
Pero de una forma u otra cubriría los costos.
Ale nějakým způsobem náklady pokryje.
De vez en cuando Gregor y su familia hacían pequeños viajes.
Gregor a rodina občas jezdili na krátké výlety.
Gregor y su hermana abordaron este tema con frecuencia.
Gregor a sestra toto téma často nadnášeli.
Pero sólo se mencionó como una idea maravillosa.
Ale zmíněno to bylo jen jako skvělý nápad.
Realmente no creían que el sueño pudiera realizarse.
Opravdu nevěřili, že se sen může uskutečnit.
Y a los padres no les gustaban esas ambiciones fantasiosas.
A rodičům se takové fantastické ambice nelíbily.

Incluso cuando el tema se planteó de manera muy inocente.
I když bylo téma nadneseno velmi nevinně.
Pero Gregor seguía pensando en la escuela de música.
Gregor ale dál přemýšlel o hudební škole.
Y tenía pensado anunciar el regalo en Nochebuena.
A plánoval oznámit dárek na Štědrý den.
Por supuesto, en su estado actual sería imposible.
V jeho současném stavu by to samozřejmě bylo nemožné.
Pero ese tipo de pensamientos pasaban por su cabeza.
Ale hlavou mu probíhaly takové myšlenky.
Y tenía estos pensamientos mientras escuchaba a la familia.
A takové myšlenky měl, když naslouchal rodině.
A veces se cansaba demasiado para seguir escuchándolos.
Občas byl příliš unavený, než aby je poslouchal dál.
Su cabeza cayó contra la puerta por el cansancio.
Únavou mu hlava spadla na dveře.
Pero inmediatamente volvió a apoyar la cabeza contra la puerta.
Ale hned zase opřel hlavu o dveře.
Porque incluso el ruido más leve se podía oír afuera.
Protože i sebemenší hluk byl slyšet venku.
Y cualquier ruido que hacía hacía que la familia se quedara en silencio.
A jakýkoli hluk, který vydal, umlčel rodinu.
"¿Qué está haciendo ahora?" preguntó el padre a la familia.
„Co teď dělá?" zeptal se otec rodiny.
Y fue a la puerta para comprobar qué era aquel ruido.
A šel ke dveřím, aby se podíval, co je to za hluk.
Y luego la conversación interrumpida se reanudó gradualmente.
A pak se přerušený rozhovor postupně obnovil.
Pero lo que dijo el padre sorprendió positivamente a todos.
Ale to, co otec řekl, všechny pozitivně překvapilo.
Gregor ahora conoció la verdadera situación de las finanzas.
Gregor se nyní dozvěděl skutečný stav financí.
A pesar de todas las desgracias, hubo algo de buena suerte.
Navzdory všem neštěstím se přeneslo i štěstí.

Aún quedaba allí una muy pequeña fortuna de los viejos tiempos.

Stále tam bylo velmi malé jmění ze starých časů.

El padre explicó las cosas, pero tuvo que repetirlas.

Otec sice věci vysvětlil, ale musel to opakovat.

Porque hacía tiempo que no se ocupaba de estas cosas.

Protože se těmito věcmi už nějakou dobu nezabýval.

Y porque la madre no entendía tales cosas.

A protože matka takovým věcem nerozuměla.

Los tipos de interés del banco habían subido un poco.

Úrokové sazby v bance se trochu zvýšily.

El dinero intacto había aumentado más de lo esperado.

Nedotčené peníze vzrostly více, než se očekávalo.

Además Gregor siempre les había dado sus ahorros.

Kromě toho jim Gregor vždycky dával své úspory.

Sólo había conservado unos pocos florines para sí.

Pro sebe si vždycky nechal jen pár guldenů.

Y su dinero aún no se había agotado por completo.

A jeho peníze také nebyly úplně spotřebovány.

En conjunto, este dinero se había acumulado hasta formar un pequeño capital.

Dohromady se tyto peníze nashromáždily do malého kapitálu.

Gregor, detrás de su puerta, asintió con entusiasmo ante la noticia.

Gregor, stojací za dveřmi, dychtivě přikývl na zprávu.

Le agradó esta inesperada cautela y frugalidad.

Potěšila ho tato nečekaná opatrnost a šetrnost.

Los fondos sobrantes podrían haberse utilizado para pagar la deuda.

Přebytečné finanční prostředky mohly být použity na splacení dluhu.

Entonces ya no le deberían nada al patrón.

Pak by už šéfovi nic nedlužili.

Y Gregor podría haber cambiado de trabajo mucho antes.

A Gregor se mohl přestěhovat do nové práce mnohem dříve.

Pero ahora la manera como el padre lo dispuso estaba mucho mejor.

Ale jak to otec zařídil, bylo teď mnohem lepší.
El dinero no era suficiente para vivir de los intereses.
Peníze nestačily ani na to, aby se dalo žít z úroků.
Y había que reservar algo de dinero para emergencias.
A musely se odkládat nějaké peníze na nouzové situace.
Sólo habría sido suficiente dinero para uno o dos años.
Peníze by vystačily jen na rok nebo dva.
Esto significaba que alguien tenía que ganar dinero para que pudieran vivir.
To znamenalo, že někdo musel vydělávat peníze na jejich živobytí.
El padre no estaba enfermo y era bastante fuerte.
Otec nebyl nezdravý a byl dostatečně silný.
Pero llevaba más de cinco años sin trabajo.
Ale byl už více než pět let bez práce.
Y, debido a su edad, le quedaba poca confianza en sí mismo.
A vzhledem k jeho věku mu zbývalo jen pramálo sebevědomí.
También había engordado mucho en los últimos tiempos.
Také v poslední době hodně přibral.
Su vida siempre había sido ardua y sin éxito.
Jeho život byl vždycky namáhavý a neúspěšný.
Y éstas habían sido las primeras vacaciones que había tenido.
A tohle byla jeho první dovolená v životě.
Y sin estar ocupado se había vuelto bastante torpe.
A bez zaneprázdnění se stal docela nemotorným.
¿Sería mejor si la anciana madre ganara el dinero?
Bylo by lepší, kdyby si ty peníze vydělala stará matka?
La anciana madre que sufría de asma.
Stará matka, která trpěla astmatem.
La anciana madre que luchaba por subir las escaleras.
Stará matka, která se s obtížemi vyšlapala po schodech.
La anciana madre que pasaba el tiempo tumbada en el sofá.
Stará matka, která trávila čas leháním na pohovce.
La anciana madre que prefería quedarse junto a la ventana.
Stará matka, která raději zůstávala u okna.
Para poder recuperar el aliento cuando lo necesitara.

Aby mohla popadnout dech, když potřebovala.
¿Sería mejor si la hermana joven ganara el dinero?
Bylo by lepší, kdyby si peníze vydělala mladší sestra?
La hermana, que a sus diecisiete años era todavía apenas una niña.
Sestra, která byla v sedmnácti letech stále ještě jen dítě.
La hermana que sólo tuvo unos pocos placeres modestos.
Sestra, která měla jen pár skromných radostí.
La hermana a quien le gustaba principalmente tocar el violín.
Sestra, která se hlavně věnovala hře na housle.
Ella sabía que su anterior forma de vida era muy envidiable;
Věděla, že její předchozí způsob života byl velmi záviděníhodný;
Vestirse bien, levantarse tarde, ayudar en la casa.
Hezky se oblékat, vstávat pozdě, pomáhat v domácnosti.
La conversación a menudo giraba en torno a la necesidad de ganar dinero.
Konverzace se často stočila k potřebě vydělat peníze.
Gregor siempre era el primero en soltar la puerta.
Gregor vždycky pustil dveře první.
La conversación lo puso caliente de vergüenza y dolor.
Rozhovor ho rozpálil studem a zármutkem.
Entonces se dejó caer en el refrescante sofá de cuero.
Vrhl se tedy na chladnoucí koženou pohovku.
Y a menudo pasaba el resto de la noche en el sofá.
A zbytek noci často trávil na pohovce.
Nunca durmió realmente en el sofá, ni tampoco por la noche.
Nikdy doopravdy nespal na pohovce, ani v noci.
A menudo, simplemente se quedaba rascando el cuero durante horas y horas.
Často jen celé hodiny škrábal kůži.
Otras veces empujaba el sillón hacia la ventana.
Jindy zase přisunul křeslo k oknu.
Esto solo requirió un gran esfuerzo de su parte.
Už jen to od něj vyžadovalo velké úsilí.
El sillón le ayudó a subirse al alféizar de la ventana.

Křeslo mu pomohlo vylézt na okenní parapet.

Y desde allí pudo apoyarse en la ventana.

A odtud se mohl opřít o okno.

Solía sentir una gran sensación de libertad al hacer esto.

Při tom cítil velký pocit svobody.

Quizás estaba buscando algún viejo sentimiento liberador.

Možná hledal nějaký starý osvobozující pocit.

Pero su visión no era tan nítida como solía ser.

Ale jeho zrak už nebyl tak ostrý jako dřív.

Las cosas a cierta distancia se veían borrosas e indistintas.

Věci v malé vzdálenosti byly rozmazané a nezřetelné.

Ya no podía ver el hospital al otro lado de la calle.

Už neviděl nemocnici naproti přes ulici.

Antes había maldecido la vista, ahora quería verla.

Dříve ten výhled proklínal, teď ho chtěl vidět.

Sabía que vivía en la tranquila y urbana Charlottenstrasse.

Věděl, že bydlí v tiché městské Charlottenstrasse.

Pero podría haber pensado que estaba mirando el desierto.

Ale mohl si myslet, že se dívá do pouště.

Un páramo donde el cielo gris y la tierra gris se fusionaban.

Pustina, kde se šedá obloha slévala s šedou zemí.

La atenta hermana notó dos veces que la silla se había movido.

Pozorná sestra si dvakrát všimla, že se židle pohnula.

Después de ordenar, empujó la silla hacia la ventana.

Poté, co uklidila, přisunula židli zpět k oknu.

Y a partir de ahora incluso dejó la ventana abierta.

A odteď dokonce nechávala otevřené okenní křídlo.

Gregor realmente hubiera deseado poder hablar con su hermana.

Gregor si opravdu přál, aby si mohl promluvit se svou sestrou.

Quería agradecerle por todo lo que hizo por él.

Chtěl jí poděkovat za všechno, co pro něj udělala.

Entonces habría tolerado más fácilmente sus servicios.

Pak by jejich služby snášel snáze.

Pero tal como estaban las cosas, él sufrió por su ayuda.

Ale takhle to, že se věci měly, trpěl tím, že mu pomáhala.

La hermana, por supuesto, intentó disimular la vergüenza.

Sestra se samozřejmě snažila zahladit rozpaky.

Y ella hizo todo lo posible para fingir que no se sentía agobiada.

A ze všech sil se snažila předstírat, že se necítí zatížená.

Por supuesto, esto es algo que tenía que practicar primero.

Tohle si samozřejmě musela nejdřív nacvičit.

Y cuanto más tiempo pasaba, mejor lo hacía.

A čím více času plynul, tím lépe se jí to dařilo.

Pero a Gregor también se le dio más tiempo para ver su pretensión.

Gregorovi ale byl také dán více času, aby si prohlédl její přetvářku.

Incluso su entrada a su habitación fue una prueba para él.

I její vstup do jeho pokoje pro něj byl utrpením.

Tan pronto como entró, corrió directamente a la ventana.

Jakmile vešla, běžela rovnou k oknu.

Ni siquiera se tomó el tiempo de cerrar la puerta.

Ani si nenašla čas zavřít dveře.

Normalmente ella evitaba que todos vieran la habitación de Gregor.

Obvykle všem ušetřila pohledu na Gregorův pokoj.

Y abrió la ventana de golpe con manos apresuradas.

A spěšnýma rukama prudce otevřela okno.

Luego volvió a respirar como si se estuviera asfixiando.

Pak znovu dýchala, jako by se dusila.

El aire que entraba era frío y ella respiraba profundamente.

Vzduch, který vstupoval dovnitř, byl studený a ona se zhluboka nadechla.

Pero aún así se quedó junto a la ventana por un rato.

Přesto ale chvíli zůstala u okna.

Con esta rutina asustaba a Gregor dos veces al día.

Touto rutinou děsila Gregora dvakrát denně.

Mientras ella estaba en la habitación él temblaba debajo del sofá.

Zatímco byla v pokoji, on se třásl pod pohovkou.

Él sabía que a ella le habría gustado ahorrarle esa terrible experiencia.

Věděl, že by ho ráda té těžkosti ušetřila.

Pero ella no podía estar en la habitación con la ventana cerrada.

Ale nemohla být v pokoji se zavřeným oknem.

Hubo una ocasión en que ella llegó un poco antes.

Jednou přišla o něco dříve.

Probablemente alrededor de un mes después de la transformación de Gregor.

Pravděpodobně asi měsíc po Gregorově proměně.

Ella se había acostumbrado un poco a su nueva apariencia.

Už si trochu zvykla na jeho nový vzhled.

Así que ya no tenía por qué estar particularmente sorprendida.

Takže už neměla důvod k žádnému zvláštnímu šoku.

Ella lo encontró todavía mirando por la ventana, inmóvil.

Našla ho, jak stále nehybně zírá z okna.

Estaba en el lugar más horrible en el que podría haber estado.

Byl na tom nejhorším místě, kde mohl být.

No le habría sorprendido si ella no hubiera entrado.

Nebyl by překvapen, kdyby nepřišla.

Donde le impidió abrir la ventana.

Kde jí zabránil otevřít okno.

Ella salió rápidamente de la habitación y cerró la puerta.

Rychle znovu opustila místnost a zavřela dveře.

Un extraño podría haber llegado a todo tipo de conclusiones.

Cizinec mohl dojít k nejrůznějším závěrům.

Quizás sólo estaba esperando la oportunidad de morderla.

Možná jen čekal na příležitost ji kousnout.

Gregor, por supuesto, se escondió inmediatamente debajo del sofá.

Gregor se samozřejmě okamžitě schoval pod pohovku.

Pero tuvo que esperar hasta el mediodía para que su hermana regresara.

Ale musel čekat do poledne, než se jeho sestra vrátila.

Y ella parecía mucho más inquieta que de costumbre.
A zdála se být mnohem neklidnější než obvykle.
Se dio cuenta de que verlo todavía era insoportable.
Uvědomil si, že pohled na něj je stále nesnesitelný.
Verlo seguiría siendo insoportable para ella.
Pohled na něj pro ni bude i nadále nesnesitelný.
Probablemente no podría soportar ver ninguna parte de él.
Pravděpodobně by nesnesla pohled na jakoukoli jeho část.
Siempre sobresalía una pequeña parte de debajo del sofá.
Zpod pohovky vždycky vyčnívala malá část.
Un día llevó una sábana sobre su espalda hasta el sofá.
Jednoho dne si na zádech přinesl k pohovce prostěradlo.
Quería evitar que ella viera cualquier parte de él.
Chtěl ji ušetřit toho, aby viděla jakoukoli část jeho bytosti.
Él dispuso la sábana de tal manera que todo él quedara oculto.
Upravil prostěradlo tak, aby byl celý skrytý.
Incluso si se agachara no podría verlo.
I kdyby se sklonila, neuviděla by ho.
Todo el esfuerzo le llevó a Gregor más de tres horas.
Celá práce trvala Gregorovi více než tři hodiny.
Quizás pensó que la sábana era innecesaria.
Možná si myslela, že prostěradlo je zbytečné.
Ella habría sabido que él no quería la sábana.
Věděla by, že prostěradlo nechce.
Lo hacía para su comodidad, no para la suya propia.
Dělal to pro její pohodlí, ne pro sebe.
Y podría haber quitado la sábana si hubiera querido.
A mohla si prostěradlo sundat, kdyby chtěla.
Pero dejó la sábana donde Gregor la había puesto.
Ale prostěradlo nechala tam, kde ho Gregor položil.
Y Gregor incluso creyó haber captado una mirada de agradecimiento.
A Gregor si dokonce myslel, že zachytil vděčný pohled.
Había levantado suavemente la sábana con la cabeza.
Jemně hlavou zvedl prostěradlo.
Quería ver si a su hermana le gustaba el arreglo.

Chtěl zjistit, jestli se jeho sestře to uspořádání líbí.

Las dos primeras semanas fueron las más difíciles para los padres.
První dva týdny byly pro rodiče nejtěžší.
No pudieron animarse a entrar y verlo.
Nedokázali se přimět, aby vešli dovnitř a viděli ho.
Escuchó muchas de sus conversaciones en ese momento.
V této době zaslechl mnoho jejich rozhovorů.
Reconocieron plenamente todo lo que hacía la hermana.
Plně uznávali všechno, co sestra dělala.
Aunque solían estar molestos con ella a menudo.
I když na ni dříve často působili naštvaně.
Porque ella parecía ser una chica un tanto inútil.
Protože se zdála být poněkud neschopnou holkou.
Ahora eran ellos quienes esperaban al otro lado de la habitación.
Teď to byli oni, kdo čekal na druhé straně místnosti.
Y fue ella quien entró en la habitación a hacer todo.
A byla to ona, kdo šel do místnosti dělat všechno.
Tan pronto como salió quisieron saberlo todo.
Jakmile vyšla ven, chtěli vědět všechno.
Tenía que decirles exactamente cómo era la habitación.
Musela jim přesně říct, jak ten pokoj vypadá.
¿Qué comió Gregor? ¿Cómo se comportó esta vez?
„Co Gregor snědl? Jak se tentokrát choval?"
"¿Quizás se notó una ligera mejoría?"
"Bylo snad patrné nějaké mírné zlepšení?"
La madre, por cierto, fue en realidad más valiente.
Mimochodem, matka byla ve skutečnosti odvážnější.
Y por supuesto, era su propio hijo el que estaba dentro de la habitación.
A samozřejmě v místnosti byl její vlastní syn.
En realidad quería visitar a Gregor relativamente pronto.
Ve skutečnosti chtěla Gregora navštívit relativně brzy.
Pero al principio el padre y la hermana la frenaron.
Ale otec a sestra ji zpočátku brzdili.

Le dieron argumentos muy racionales para que no fuera.

Uváděli velmi racionální argumenty, aby nešla.

Gregor escuchó con mucha atención sus razonamientos.

Gregor velmi pozorně naslouchal jejich argumentaci.

Y él aceptó el razonamiento tanto como su madre.

A on tuto logiku přijal stejně jako jeho matka.

Pero más tarde hubo que retenerla por la fuerza.

Později ji však museli zadržet násilím.

"¡Déjame entrar con Gregor, es mi desdichado hijo!"

„Pusťte mě dovnitř k Gregorovi, je to můj nešťastný syn!“

-¿No entiendes que tengo que ir a verlo?

„Nechápeš, že za ním musím jít?“

Gregor también se dejó convencer por los argumentos de su madre.

Gregora přesvědčily i matčiny argumenty.

Quizás tenía razón: sería bueno que entrara.

Možná měla pravdu; bylo by dobré, kdyby přišla.

Venir a verlo todos los días sería demasiado.

Chodit za ním každý den by bylo příliš mnoho.

Pero verlo una vez a la semana podría ser suficiente.

Ale vídat ho třeba jednou týdně by mohlo stačit.

Ella podría entender las cosas mucho mejor que la hermana.

Možná tomu rozumí mnohem lépe než ta sestra.

A pesar de todo su coraje, ella todavía era sólo una niña.

Přes veškerou svou odvahu byla stále jen dítě.

Quizás la imprudencia infantil la impulsó a aceptar esa tarea.

Možná ji k tomuto úkolu přiměla dětská bezohlednost.

Pero el deseo de Gregor de ver a su madre pronto se hizo realidad.

Ale Gregorovo přání vidět svou matku se brzy splnilo.

Durante el día Gregor se mantenía alejado de la ventana.

Přes den se Gregor držel dál od okna.

Lo hizo por consideración a sus padres.

Udělal to z ohleduplnosti ke svým rodičům.

No tenía mucho espacio para arrastrarse por el suelo.

Neměl moc místa na plazení po podlaze.

Le resultaba difícil permanecer quieto durante la noche.
V noci se mu těžko ležet v klidu.
Comer ya no le producía el más mínimo placer.
Jídlo mu už nepřinášelo sebemenší potěšení.
Por supuesto que tenía que encontrar alguna manera de distraerse.
Samozřejmě si musel najít nějaký způsob, jak se rozptýlit.
Para entretenerse se arrastraba por las paredes.
Aby se pobavil, lezl nahoru a dolů po zdech.
Y también se arrastró por el techo, boca abajo.
A také se plazil po stropě, vzhůru nohama.
Estaba especialmente feliz cuando colgaba del techo.
Obzvlášť šťastný byl, když visel ze stropu.
Fue completamente diferente a estar tendido en el suelo.
Bylo to úplně jiné než ležet na podlaze.
Le resultó mucho más fácil respirar en esta posición.
V této poloze se mu mnohem lépe dýchalo.
Una ligera pero agradable vibración recorrió su cuerpo.
Jeho tělem proběhla lehká, ale příjemná vibrace.
A veces incluso se relajaba demasiado en su felicidad.
Někdy se až příliš uvolnil ve svém štěstí.
A veces se distraía y se soltaba del techo.
Někdy se nechal rozptýlit a pustil strop.
Y para su propia sorpresa, aterrizó de nuevo en el suelo.
A k jeho vlastnímu překvapení přistál zpět na zemi.
Pero tenía mucho mejor control de su cuerpo que antes.
Ale měl mnohem lepší kontrolu nad svým tělem než dříve.
Para que ahora no se haga daño con caídas tan fuertes.
Takže se teď při takových velkých pádech nezranil.
La hermana notó inmediatamente el nuevo placer de Gregor.
Sestra si Gregorova nového potěšení okamžitě všimla.
Y había restos de adhesivo donde se había arrastrado.
A tam, kde lezl, byly stopy lepidla.
Aquí nuevamente la hermana pensó en el bienestar de Gregor.
I zde sestra přemýšlela o Gregorově zdraví.
Quizás apreciaría más espacio para gatear.

Možná by ocenil víc prostoru na plazení.

Y la idea se instaló firmemente en su cabeza.

A ta myšlenka se jí pevně usadila v hlavě.

Algunos de los muebles de gran tamaño impedían su libre movimiento.

Některý z velkých kusů nábytku mu bránil ve volném pohybu.

Ya no trabajaba así que no necesitaba el escritorio.

Už nepracoval, takže stůl nepotřeboval.

Y la caja ocupaba más espacio del necesario. ***

A krabice zabírala víc místa, než bylo potřeba. ***

La hermana no era capaz de mover estas cosas sola.

Sestra nebyla schopná tyto věci sama přemístit.

Por supuesto que no se atrevió a pedirle ayuda al padre.

Samozřejmě se neodvážila požádat otce o pomoc.

La criada seguramente tampoco la habría ayudado.

Služebná by jí taky jistě nepomohla.

La nueva criada era de hecho un año más joven que ella.

Nová služebná byla ve skutečnosti o rok mladší než ona.

Ella había asumido valientemente el papel de ex sirvienta.

Statečně se ujala role bývalé služebné.

Pero había un privilegio que ella insistía en tener.

Ale trvala na jedné výsadě.

Ella quería mantener la cocina cerrada en todo momento.

Chtěla mít kuchyň pořád zamčenou.

Así que la hermana no tuvo más remedio que preguntarle a su madre.

Sestra tedy neměla jinou možnost, než se zeptat své matky.

Con gritos de emocionada alegría la madre acudió a ayudar.

S výkřiky nadšené radosti přiběhla matka na pomoc.

Pero ella se quedó en silencio en la puerta de la habitación de Gregor.

Ale u dveří do Gregorova pokoje ztichla.

La hermana comprobó que todo en la habitación estuviera bien.

Sestra zkontrolovala, jestli je v pokoji všechno v pořádku.

Gregor había tirado apresuradamente la sábana aún más fuerte.

Gregor spěšně přitáhl prostěradlo ještě pevněji.

Aunque la sábana todavía parecía colocada al azar.

I když prostěradlo stále vypadalo neuspořádané.

Y sólo entonces dejó que su madre entrara en la habitación.

A teprve potom pustila matku do pokoje.

Gregor también se abstuvo de espiar desde debajo de la sábana.

Gregor se také zdržel špehování zpod prostěradla.

Decidió no volver a ver a su madre esta vez.

Rozhodl se, že se tentokrát s matkou nesetká.

Gregor estaba muy contento de que ella hubiera entrado.

Gregor byl docela rád, že vůbec přišla.

"Pasa, no puedes verlo", dijo la hermana.

„Pojďte dál, nevidíte ho,“ řekla sestra.

Gregor supuso que ella llevaba a su madre de la mano.

Gregor předpokládal, že vede matku za ruku.

Entonces escuchó a las dos mujeres débiles moviendo los muebles.

Pak uslyšel, jak dvě slabé ženy přemisťují nábytek.

La hermana parecía reclamar la mayor parte del trabajo para ella misma.

Zdálo se, že si sestra nárokuje většinu práce pro sebe.

Su madre temía que se esforzara demasiado.

Její matka se bála, že se přepracuje.

Pero la hermana no hizo caso a estas advertencias.

Sestra však těmto varováním nevěnovala pozornost.

Pero incluso después de quince minutos el progreso era muy lento.

Ale i po patnácti minutách byl pokrok velmi pomalý.

No habían conseguido mover los muebles muy lejos.

Nepodařilo se jim nábytek odsunout moc daleko.

Poco a poco empezaron a sentir una sensación de derrota.

Pomalu začínali pociťovat pocit porážky.

La madre fue la primera en admitir la inutilidad.

Matka byla první, kdo přiznal marnost.

"Quizás sería mejor dejar la caja aquí."

„Možná by bylo lepší nechat tu krabici tady."

"La caja es demasiado pesada para que podamos moverla mucho más lejos".

„Krabice je na to, abychom se s ní mohli posunout o moc dál."

"Y no terminaremos antes de que llegue tu padre."

„A neskončíme, než přijede tvůj otec."

Dejar la caja aquí le bloquearía aún más el camino.

„Kdyby tu krabici nechal tady, zablokovalo by mu to cestu ještě víc."

"¿Y podemos estar seguros de que le estamos haciendo un favor?"

„A můžeme si být jisti, že mu tím prokazujeme laskavost?"

Comenzaron a pensar que bien podría ser cierto lo opuesto.

Začali si myslet, že opak by mohl být pravdou.

La visión de la pared vacía pesó mucho en su corazón.

Pohled na prázdnou zeď ji těžce zatížil srdce.

¿Quién diría que Gregor no se sentiría así también?

Co říkáš, že by se Gregor taky necítil?

"Ya está acostumbrado a los muebles de su habitación."

"Už si zvykl na nábytek ve svém pokoji."

"Podría sentirse aún más abandonado en una habitación vacía".

„V prázdném pokoji by se mohl cítit ještě opuštěněji."

Para entonces su voz se había reducido casi a un susurro.

Její hlas se mezitím téměř ztišil do šepotu.

En realidad no sabía el paradero exacto de Gregor.

Ve skutečnosti nevěděla, kde se Gregor přesně nachází.

Ella no quería ni siquiera que él escuchara el sonido de su voz.

Nechtěla, aby slyšel ani zvuk jejího hlasu.

Aunque ella estaba segura de que él no la entendía.

I když si byla jistá, že jí nerozumí.

"¿No parecería como si lo hubiéramos abandonado por completo?"

„Nevypadá to, jako bychom se na něj úplně vzdali?"

"¿No sentirá que lo estamos dejando solo?"

„Nebude mít pocit, že ho necháváme, aby se s tím vyrovnal sám?"

"Deberíamos dejar la habitación exactamente como estaba".

„Měli bychom nechat pokoj přesně takový, jaký byl."

"Al final Gregor volverá con nosotros como antes."

„Gregor se k nám nakonec vrátí takový, jaký byl."

"Entonces encontrará que todo sigue en su lugar."

„Pak zjistí, že všechno je stále na svém místě."

"Y olvidará mucho más fácilmente el período interino".

„A na přechodné období zapomene mnohem snáze."

Cuando Gregor escuchó estas palabras se dio cuenta de algo.

Když Gregor uslyšel tato slova, uvědomil si něco.

Su mente se había vuelto confusa durante los últimos dos meses.

Během posledních dvou měsíců měl zmatené myšlenky.

La falta de interacción humana no había sido buena para él.

Nedostatek lidské interakce mu neprospěl.

Realmente necesitaba la vida monótona en medio de su familia.

Opravdu potřeboval monotónní život uprostřed své rodiny.

¿Por qué si no habría hecho una exigencia tan absurda?

Proč by jinak vznášel tak nesmyslný požadavek?

¿Qué sentido tenía vaciar su habitación?

Jaký smysl mělo vyprazdňování jeho pokoje?

La cómoda habitación amueblada con muebles heredados.

Pohodlný pokoj zařízený zděděným nábytkem.

¿Por qué querría convertir ese calor conocido en una cueva?

Proč by chtěl proměnit toto známé teplo v jeskyni?

Una cueva donde poder arrastrarse en todas direcciones en paz.

Jeskyně, kde by se mohl v klidu plazit všemi směry.

Pero una cueva en la que olvidó rápidamente su pasado humano.

Ale jeskyně, ve které rychle zapomněl na svou lidskou minulost.

Tuvo que preguntarse si ya estaba cerca de olvidar.

Musel se zamyslet, jestli už skoro nezapomíná.

La voz de su madre lo había sacudido y lo había hecho recordar.

Hlas jeho matky ho vytřesl a připomněl mu vzpomínky.

La voz que no había oído durante tanto tiempo.

Hlas, který už tak dlouho neslyšel.

No había que quitar nada, todo tenía que quedar.

Nic se nemělo odstraňovat, všechno muselo zůstat.

Los muebles influyeron positivamente en su condición.

Nábytek měl na jeho stav pozitivní vliv.

Y no podría vivir sin este ancla en el pasado.

A bez této kotvy v minulosti se neobešel.

Los muebles impedían que se arrastrara sin sentido.

Nábytek mu bránil v bezmyšlenkovitém plazení.

Pero eso no fue una pérdida, sino más bien una gran ventaja.

Ale to nebyla ztráta, spíše velká výhoda.

Lamentablemente la hermana tenía una opinión muy diferente.

Bohužel sestra měla úplně jiný názor.

Ella se había convertido en una especie de portavoz de Gregor.

Stala se tak trochu Gregorovou mluvčí.

Por supuesto que su opinión no era del todo injustificada.

Její názor samozřejmě nebyl zcela neoprávněný.

Pero aquí la opinión de su madre tuvo que ser contradicha.

Ale názor její matky musel být zde vyvrácen.

Ahora no era solo la caja la que había que retirar.

Nebyla to jen krabice, kterou teď bylo třeba odstranit.

Ni su escritorio ni el armario podían permanecer allí.

Jeho stůl a skříň také nemohly zůstat.

Lo único imprescindible era el sofá.

Jediné, co bylo nepostradatelné, byla pohovka.

Ella no decidió esto sólo por desafío infantil.

Nerozhodla se tak jen z dětského vzdoru.

Tampoco fue su recientemente adquirida confianza en sí misma.

Nebylo to ani jejím nedávno nabytým sebevědomím.

La nueva confianza que tuvo que trabajar muy duro para ganar.

Nové sebevědomí, o jehož získání musela tak tvrdě dřít.

Aunque nadie esperaba que ella pudiera hacerlo.

I když nikdo nečekal, že to dokáže.

Gregor realmente necesitaba mucho espacio para gatear.

Gregor opravdu potřeboval hodně místa na plazení.

Los muebles sólo limitaban el espacio del que disponía.

Nábytek jen omezoval prostor, který měl k dispozici.

Ella podía ver estas cosas mejor que la madre.

Tyto věci dokázala vidět lépe než matka.

Pero quizá su espíritu romántico también jugó un papel.

Ale možná v tom sehrála roli i její romantická povaha.

Las niñas de esa edad suelen desarrollar cierto entusiasmo.

Dívky v tomto věku často získají určité nadšení.

Y sienten la necesidad de salirse con la suya siempre que pueden.

A cítí potřebu prosadit si svou, kdykoli mohou.

Quizás por eso quería sabotearlo en secreto.

Možná proto ho chtěla tajně sabotovat.

Es aún más aterrador cuando se arrastra por las paredes.

Ještě děsivější je, když leze po zdech.

Los padres ya no se atrevían a entrar en la habitación.

Rodiče se už neodvážili vstoupit do místnosti.

Ella realmente sería la única cuidadora de su hermano.

Opravdu by se o svého bratra mohla jen starat.

Ella no dejó que su madre la persuadiera de lo contrario.

Nenechala se matkou přesvědčit o opaku.

La madre de Gregor ya se sentía incómoda en la habitación.

Gregorova matka se v pokoji už cítila nesvá.

Pronto dejó de hablar y ayudó nuevamente a su hija.

Brzy přestala mluvit a znovu pomohla své dceři.

Con las fuerzas que les quedaban retiraron el armario.

Se zbývajícími silami odstranili skříň.

La cómoda era algo de lo que podía prescindir.

Bez komody se obešel.

Pero el escritorio tendría que quedarse allí por el momento.

Ale stůl tam prozatím musel zůstat.

Mientras las mujeres estaban ausentes, trató de evaluar la habitación.

Zatímco ženy byly pryč, pokusil se zhodnotit místnost.

Y Gregor asomó la cabeza por debajo del sofá.

A Gregor vystrčil hlavu zpod pohovky.

Tenía que ver qué podía hacer con la situación.

Musel zjistit, co se s danou situací dá dělat.

Pero fue lo más cuidadoso y considerado posible.

Ale byl co nejopatrnější a nejopatrnější.

Desgraciadamente fue la madre quien regresó primero.

Bohužel to byla matka, která se vrátila první.

Grete todavía estaba moviendo el armario en la habitación de al lado.

Grete stále stěhovala skříň v sousedním pokoji.

Pero la madre no estaba acostumbrada a ver a Gregor.

Ale matka nebyla na pohled na Gregora zvyklá.

Incluso un simple vistazo a él podría haberla enfermado.

I jen letmý pohled na něj by jí mohl způsobit nevolnost.

Gregor se apresuró a retroceder hasta el otro extremo del sofá.

Gregor spěchal zpět na vzdálenější konec pohovky.

Pero no podía retroceder y equilibrar la sábana.

Ale nemohl se pohnout dozadu a udržet rovnováhu na prostěradle.

El movimiento fue suficiente para llamar la atención de la madre.

Pohyb stačil k tomu, aby upoutal matčinu pozornost.

Ella hizo una pausa y se quedó muy quieta por un breve momento.

Odmlčela se a na chvilku zůstala zcela nehybně stát.

Luego se dio la vuelta y salió de la habitación.

Pak se otočila a odešla z pokoje.

Gregor seguía diciéndose a sí mismo que no había ocurrido nada inusual.

Gregor si pořád opakoval, že se nestalo nic neobvyklého.

"Son sólo algunos muebles que se han llevado".

"Je to jen nějaký nábytek, který byl odvezen."
Pero pronto tuvo que admitir que los acontecimientos le afectaron.
Brzy si ale musel přiznat, že se ho události dotkly.
Las mujeres habían estado diciendo todo lo que estaban haciendo.
Ženy říkaly všechno, co dělaly.
Habían estado caminando de un lado a otro por la habitación.
Chodili po místnosti sem a tam.
El rayado de todos los muebles en el suelo.
Škrábání veškerého nábytku na podlaze.
Se sentía como si lo atacaran desde todos lados.
Měl pocit, jako by byl napadán ze všech stran.
Apretó la cabeza y las piernas lo más fuerte que pudo.
Přitáhl si hlavu a nohy k sobě, jak nejpevněji to šlo.
Con todas sus fuerzas presionó su cuerpo contra el suelo.
Vší silou přitiskl své tělo k zemi.
Sabía que no podría soportar todo esto por mucho más tiempo.
Věděl, že tohle všechno už dlouho nevydrží.
Vaciaron su habitación y se llevaron todo lo que amaba.
Vyklidili mu pokoj a vzali mu všechno, co měl rád.
Ya se habían llevado la caja que contenía todas sus herramientas.
Už si vzali krabici se vším jeho nářadím.
Ahora estaban aflojando su pesado escritorio del suelo.
Teď uvolňovali jeho těžký stůl ze země.
El escritorio en el que había trabajado después de regresar del trabajo.
Stůl, u kterého pracoval po návratu z práce.
El escritorio en el que había escrito sus tareas comerciales.
Stůl, na který si psal své pracovní úkoly.
El escritorio en el que había hecho sus deberes en la escuela secundaria.
Lavice, na které si dělal domácí úkoly na střední škole.
Sí, ya había tenido este pupitre en la escuela primaria.

Ano, tuhle lavici už měl na základní škole.
Realmente no tuvo tiempo de confirmar sus buenas intenciones.
Opravdu neměl čas potvrdit jejich dobré úmysly.
Aunque ya casi había olvidado que estaban allí.
I když už skoro zapomněl, že tam stejně jsou.
Porque trabajaban en silencio, por el cansancio.
Protože kvůli vyčerpání pracovali tiše.
Estaban demasiado cansados para anunciar sus movimientos ahora.
Byli příliš unavení na to, aby teď oznamovali své pohyby.
Lo único que oyó fueron sus pesados pasos en el suelo.
Slyšel jen jejich těžké kroky na podlaze.
Justo en ese momento estaban apoyados sobre la caja.
Právě v tu chvíli se opírali o krabici.
Y entonces Gregor salió de debajo del sofá.
A v tom okamžiku Gregor vylezl zpod pohovky.
Cambió la dirección en la que corría cuatro veces.
Čtyřikrát změnil směr, kterým běžel.
No podía decidir qué elemento debía salvarse primero.
Nedokázal se rozhodnout, kterou položku je třeba zachránit jako první.
De repente su atención se dirigió a la pared vacía.
Najednou jeho pozornost upoutala prázdná zeď.
Lo único que le quedó fue la fotografía de la dama con pieles.
Zůstal mu jen obrázek dámy v kožešině.
Se arrastró hasta la imagen para presionar su cuerpo contra el de ella.
Doplazil se k obrazu a přitiskl se k ní tělem.
Y su cuerpo cubrió completamente la vista de la imagen.
A jeho tělo zcela zakrývalo výhled na obraz.
El vaso lo sostuvo y reconfortó su vientre caliente.
Sklenice ho podpírala a uklidňovala jeho rozpálené břicho.
Esta fotografía ya no se la pudieron quitar.
Tuto fotku mu už nešlo vzít.
Luego giró la cabeza hacia la puerta de la sala de estar.

Pak otočil hlavu ke dveřím obývacího pokoje.

Iba a observar mientras las mujeres regresaban a la habitación.

Chystal se sledovat, jak se ženy vracejí do místnosti.

Y no descansaron mucho antes de regresar nuevamente.

A dlouho neodpočívali, než se znovu vrátili.

El brazo de Grete rodeaba a su madre para ayudarla a caminar.

Grete objala matku a pomohla jí s chůzí.

"¿Qué nos llevamos ahora?" dijo Grete y miró a su alrededor.

„Co si teď vezmeme?" zeptala se Gréta a rozhlédla se kolem.

Justo en ese momento su mirada se encontró con los ojos de Gregor.

Právě v tom okamžiku se její pohled setkal s Gregorovýma očima.

A pesar del shock, mantuvo la presencia de ánimo.

Navzdory šoku si zachovala duchapřítomnost.

Probablemente sólo por la presencia de su madre.

Pravděpodobně jen kvůli přítomnosti její matky.

Ella inclinó su rostro hacia su madre, cubriéndole la vista.

Sklonila tvář k matce a zakryla si výhled.

Y entonces dijo, aunque temblorosa y desconsiderada:

A pak řekla, třesouc se a bezmyšlenkovitě:

-Vamos, ¿no deberíamos volver a la sala de estar?

„No tak, neměli bychom se vrátit do obýváku?"

Gregor podía comprender fácilmente las intenciones de la hermana.

Gregor snadno pochopil sestriny úmysly.

Su primera prioridad fue poner a su madre a salvo.

Její první prioritou bylo dostat matku do bezpečí.

Pero luego ella iba a perseguirlo desde la pared.

Ale pak ho chtěla honit ze zdi.

«¡Pues claro que puede intentarlo!», pensó Gregor para sus adentros.

„No, to se rozhodně může pokusit!" pomyslel si Gregor v duchu.

Se sentó firmemente sobre su imagen y no renunció a ella.

Pevně seděl na svém obrazu a nevzdával ho.
Preferiría haberle saltado en la cara a la hermana.
Nejraději by sestře skočil do obličeje.
Pero las palabras de Grete preocuparon aún más a su madre.
Ale Gretina slova matku znepokojila ještě víc.
Ella se hizo a un lado para ver lo que le ocultaban.
Ustoupila stranou, aby viděla, co se před ní skrývá.
Y vio la mancha marrón en el papel pintado floreado.
A uviděla hnědou skvrnu na květinové tapetě.
Y ella gritó antes de darse cuenta de que era Gregor.
A vykřikla, než si vůbec uvědomila, že je to Gregor.
"Oh Dios", gritó con los brazos extendidos.
„Panebože," vykřikla s rozpaženýma rukama.
Y ella se dejó caer en el sofá como si se hubiera rendido.
A spadla na gauč, jako by to vzdala.
—¡Gregor! —gritó la hermana levantando el puño.
„Gregore!" zvolala na něj sestra se zdviženou pěstí.
Y ella le dirigió una mirada larga, dura y penetrante.
A ona se na něj podívala dlouhým, tvrdým a pronikavým
pohledem.
Esta era la primera vez que hablaba con él directamente.
To bylo poprvé, co s ním mluvila přímo.
**Corrió a la habitación de al lado para conseguir algunas sales
aromáticas.**
Běžela do vedlejší místnosti pro vonné soli.
Tenía que devolverle la conciencia a su madre.
Musela matku přivést zpět k vědomí.
Gregor quería ayudar, podría salvar la imagen más tarde.
Gregor chtěl pomoct, obrázek si mohl později uložit.
Pero él se había quedado firmemente pegado al cristal.
Ale pevně se přilepil na sklo.
Entonces tuvo que apartarse usando mucha fuerza.
Takže se musel odtrhnout s použitím velké síly.
**Él también corrió a la habitación de al lado, donde estaba la
hermana.**
I on vběhl do vedlejší místnosti, kde byla sestra.
En el pasado podría haberle dado algún consejo.

Za starých časů jí mohl dát nějakou radu.

Pero ahora no podía hacer nada más que quedarse de brazos cruzados y observar.

Ale teď nemohl dělat nic jiného, než nečinně přihlížet a nečinně přihlížet.

Revolvió el cajón y abrió varias botellas.

Prohrabala se zásuvkou a otevírala různé lahve.

Y todavía la asustó cuando ella se dio la vuelta.

A pořád ji děsil, když se otočila.

Una botella cayó al suelo, se rompió y se astilló.

Láhev spadla na zem, rozbila se a roztříštila se.

Una astilla de vidrio golpeó la cara de Gregor y lo hirió.

Skleněná tříska zasáhla Gregora do obličeje a zranila ho.

La botella contenía algún tipo de líquido cáustico.

Láhev obsahovala nějakou žíravou tekutinu.

Y ahora el líquido corrosivo quemaba la cara de Gregor.

A teď žíravá tekutina pálila Gregorovi obličej.

Sin embargo, la hermana no tenía tiempo para Gregor en ese momento.

Sestra ale teď na Gregora neměla čas.

Ella recogió tantas botellas como pudo.

Sebrala tolik lahví, kolik jen mohla.

Y ella corrió de nuevo hacia su madre con la medicina.

A běžela s lékem zpátky k matce.

Ella cerró la puerta con el pie, dejando afuera a Gregor.

Práskla dveřmi nohou a Gregora zavřela ven.

Ahora estaba separado de su madre, que estaba potencialmente moribunda.

Byl nyní odříznut od své potenciálně umírající matky.

Si abriera la puerta, echaría a la hermana.

Kdyby otevřel dveře, sestru by vyhnal.

Pero por supuesto tuvo que quedarse para cuidar a la madre.

Ale samozřejmě musela zůstat, aby se o matku starala.

Ya no podía hacer nada más que esperarlos.

Teď už nemohl dělat nic jiného, než na ně čekat.

Acosado por el autorreproche y la ansiedad, comenzó a gatear.

Trápila ho sebevýčitka a úzkost, a tak se začal plazit.

Se arrastró por todas partes: las paredes, los muebles, el techo.

Plazil se všude; po zdech, nábytku, stropě.

Sintió como si toda la habitación girara a su alrededor.

Měl pocit, jako by se kolem něj točila celá místnost.

Finalmente, desesperado y mareado, volvió a caer.

Nakonec, v zoufalství a závrati, spadl zpět na zem.

Y cayó justo encima de la gran mesa del comedor.

A spadl přímo na velký jídelní stůl.

Pasó algún tiempo tendido allí, entumecido e incapaz de moverse.

Nějakou dobu tam ležel, ztuhlý a neschopný pohybu.

Estaba exhausto por todo lo que el día le había traído.

Byl vyčerpaný ze všeho, co mu tenhle den přinesl.

Todo estaba tranquilo, pero tal vez eso era una buena señal.

Všude kolem bylo ticho, ale možná to bylo dobré znamení.

Entonces, rompiendo el silencio, sonó el timbre de la puerta de afuera.

Pak ticho prolomil zazvonění zvonku venku.

La criada, por supuesto, se había encerrado en su cocina.

Služebná se samozřejmě zamkla v kuchyni.

Así que la hermana era la única que podía abrir la puerta.

Takže sestra byla jediná, kdo mohl otevřít dveře.

"¿Qué pasó?" fue lo primero que preguntó el padre.

„Co se stalo?“ zeptal se otec jako první.

La aparición de Grete probablemente le había dicho todo.

Gretin vzhled mu pravděpodobně prozradil všechno.

La voz de Grete se volvió apagada y apagada mientras hablaba.

Gretin hlas zněl tlumeně a nudně, když mluvila.

Ella debió haber presionado su cara contra el pecho de su padre.

Musela přitisknout obličej k otcově hrudi.

"La madre estaba inconsciente, pero ahora se siente mejor".

„Matka byla v bezvědomí, ale teď se cítí lépe.“

—Gregor ha escapado —añadió, tal como él esperaba.

„Gregor utekl," dodala, což očekával.

"Siempre te dije que algún día se escaparía."

„Vždycky jsem ti říkal, že jednoho dne uteče."

—Pero vosotras, las mujeres, no quisisteis escucharme, ¿verdad?

„Ale vy ženy jste mě nechtěly poslouchat, že ne?"

Gregor se dio cuenta rápidamente de cómo vería las cosas su padre.

Gregor si rychle uvědomil, jak to jeho otec vidí.

Había malinterpretado el mensaje demasiado breve de Grete.

Špatně si vyložil Gretinu příliš stručnou zprávu.

Supuso que Gregor había cometido algún acto de violencia.

Předpokládal, že Gregor spáchal nějaký násilný čin.

Gregor tenía que encontrar una manera de apaciguar a su padre de alguna manera.

Gregor musel najít způsob, jak otce nějak uklidnit.

Porque no tuvo tiempo de explicarle las cosas.

Protože neměl čas mu to vysvětlovat.

Pero de todos modos no habría podido explicar las cosas.

Ale stejně by to nedokázal vysvětlit.

Entonces huyó hacia la puerta y se pegó a ella.

Utekl tedy ke dveřím a přitiskl se k nim.

De esa manera su padre podría verlo desde la antesala.

Tak ho otec mohl vidět z předsíně.

Y podría ver que tenía las mejores intenciones.

A bude si moci být jistý, že má ty nejlepší úmysly.

No había necesidad de empujarlo con una escoba.

Nebylo třeba ho odhánět koštětem.

Lo único que el padre habría tenido que hacer era abrir la puerta.

Otec by stačil jen otevřít dveře.

Pero él no estaba de humor para notar tales sutilezas.

Ale neměl náladu si takových jemností všímat.

"¡Ahí estás!" exclamó nada más entrar.

„Tady to máte!" zvolal, jakmile vešel.

Era como si estuviera enojado y feliz al mismo tiempo.

Bylo to, jako by byl zároveň naštvaný a šťastný.

Echó la cabeza hacia atrás y miró al padre.

Zaklonil hlavu a vzhlédl k otci.

No se había imaginado que su padre estuviera allí así.

Nepředstavoval si, že tam jeho otec takhle stojí.

Pero en los últimos tiempos había encontrado una nueva distracción.

Ale v poslední době si našel novou zábavu.

Gatear ahora ocupaba gran parte de su día.

Plazit se teď zabíralo velkou část jeho dne.

Antes, él estaba al tanto de todas las novedades que ocurrían en el apartamento.

Předtím sledoval všechny novinky v bytě.

Pero últimamente no había estado prestando tanta atención.

Ale v poslední době tomu tolik pozornosti nevěnoval.

Debería haber estado preparado para afrontar los cambios.

Měl být připraven setkat se se změnami.

Sin embargo, ¿era este hombre que tenía delante todavía el padre?

Byl tento muž před ním stále otcem?

¿Era él el mismo hombre que solía yacer cansado en su cama?

Byl to ten samý muž, který dříve unaveně ležel ve své posteli?

Cuando Gregor ya se había ido de viaje de negocios.

Když už Gregor odjel na služební cestu.

¿Era él el mismo hombre que lo saludaba por las noches?

Byl to ten samý muž, který ho večer vítal?

Cuando estaba en bata en su sillón.

Když byl v županu ve svém křesle.

¿Era el mismo hombre que no pudo levantarse y darle la bienvenida?

Byl to ten samý muž, který se nemohl zvednout, aby ho přivítal?

Entonces, permaneciendo sentado, levantó el brazo en señal de alegría.

Zůstal tedy sedět a na znamení radosti zvedl ruku.

¿Era el mismo hombre con el que salía a caminar de vez en cuando?

Byl to ten samý muž, se kterým chodil občas na procházky?

En raras ocasiones: algunos domingos al año o días festivos.

Ve vzácných případech: několik nedělí v roce nebo svátky.

¿Era el mismo hombre que caminaba envuelto en su abrigo?

Byl to ten samý muž, který šel pěšky, zahalený v kabátu?

¿Avanzó lentamente, entre la madre y él?

Pomalu se namáhal vpřed, mezi matkou a ním?

Y ellos ya caminaban lentamente por causa de él.

A už kvůli němu šli pomalu.

Pero ahora este hombre estaba de pie, fuerte y erguido.

Ale teď tento muž stál silně a vzpřímeně.

Estaba vestido con un uniforme azul con botones dorados.

Byl oblečený v modré uniformě se zlatými knoflíky.

Botones que llevan los empleados de las instituciones bancarias.

Knoflíky, které nosí zaměstnanci bankovních institucí.

Por encima del rígido cuello emergía su fuerte papada.

Nad tuhým límcem se vynořila jeho silná dvojitá brada.

Bajo sus pobladas cejas se asomaban sus ojos negros.

Zpod hustého obočí se mu dívaly černé oči.

Ahora sus ojos parecían penetrantes, frescos y alertas.

Teď jeho oči vypadaly pronikavě, svěže a ostražitě.

El cabello blanco, anteriormente despeinado, fue peinado hacia abajo.

Dříve rozcuchané bílé vlasy byly sčesané dolů.

Y su cabello ahora tenía una meticulosa raya central.

A jeho vlasy teď měly pečlivě rozdělené uprostřed.

Arrojó su sombrero, que estaba adornado con un monograma dorado.

Hodil klobouk, který byl připevněn zlatým monogramem.

Probablemente era el monograma del banco en el que trabajaba.

Pravděpodobně to byl monogram banky, pro kterou pracoval.

Y el sombrero aterrizó en el sofá, para guardarlo más tarde.

A klobouk přistál na pohovce, aby ho později uklidili.

Empujó hacia atrás la parte inferior de la larga chaqueta del uniforme.

Odhrnul si spodek dlouhé uniformní bundy.

Y metió los pulgares en los bolsillos de sus pantalones.

A strčil si palce do kapes kalhot.

Y luego, con cara sombría, caminó hacia Gregor.

A pak s zachmuřenou tváří kráčel k Gregorovi.

Probablemente ni siquiera sabía lo que planeaba hacer.

Pravděpodobně ani nevěděl, co plánuje udělat.

Pero aún así levantó los pies inusualmente alto.

Přesto však zvedl nohy neobvykle vysoko.

Gregor estaba asombrado por el enorme tamaño de sus botas.

Gregor byl ohromen obrovskou velikostí svých bot.

Pero realmente no había tiempo para maravillarse con sus zapatos.

Ale na obdivování jeho bot opravdu nebyl čas.

El padre había decidido aplicar una disciplina muy estricta.

Otec se rozhodl pro velmi přísnou disciplínu.

Para Gregor sólo era apropiada la mayor severidad.

Pro Gregora byla vhodná jen ta největší přísnost.

Él lo sabía desde el primer día de su transformación.

Věděl to od prvního dne své proměny.

Corrió hacia su padre y se detuvo cuando él se detuvo.

Běžel k otci a zastavil se, když se zastavil.

Corrió hacia él nuevamente cuando se movió de nuevo.

Znovu se k němu rozběhl, když se znovu pohnul.

El padre se detuvo un momento y Gregor también.

Otec se na okamžik odmlčel a Gregor také.

Y corrió hacia adelante nuevamente tan pronto como su padre se movió.

A jakmile se jeho otec pohnul, znovu se vrhl vpřed.

De esta manera dieron varias vueltas alrededor de la habitación.

Takto několikrát obešli místnost.

Nadie había conseguido aún ninguna ventaja decisiva.

Nikdo zatím nezískal žádnou rozhodující výhodu.

No se podría haber tenido la impresión de una persecución.
Člověk by nemohl získat dojem honičky.
Porque todo el acontecimiento se estaba produciendo demasiado lentamente.
Protože celá událost se odehrávala příliš pomalu.
Gregor había decidido quedarse en tierra.
Gregor se rozhodl, že zůstane na zemi.
Podría haber corrido por las paredes y a lo largo del techo.
Mohl běhat po zdech a podél stropu.
Pero no quería provocar al padre innecesariamente.
Ale nechtěl otce zbytečně provokovat.
Una huida así podría haber parecido especialmente perversa.
Takový útěk se mohl zdát obzvláště zlomyslný.
Gregor admitió que esta persecución no podía durar mucho más.
Gregor připustil, že tato honička už dlouho trvat nemohla.
Cada paso debía ir acompañado de una miríada de movimientos.
Každý krok musel být proveden s nesčetnými pohyby.
Ya empezaba a sentir falta de aire.
Už začínal pociťovat dušnost.
Incluso antes nunca había tenido unos pulmones completamente confiables.
Ani předtím nikdy neměl zcela důvěryhodné plíce.
Avanzó tambaleándose, guardando sus fuerzas para la carrera.
Potácel se dál a šetřil si síly na běh.
Estaba tan cansado que apenas podía mantener los ojos abiertos.
Byl tak unavený, že sotva udržel oči otevřené.
Sus pensamientos se volvieron demasiado lentos para pensar en otras escapatorias.
Jeho myšlenky se příliš zpomalily, než aby dokázal vymyslet další úniky.
Casi había olvidado que los muros estaban a su disposición.
Téměř zapomněl, že zdi jsou mu k dispozici.

Pero de todos modos las paredes estaban ocultas detrás de los muebles.

Ale stěny byly stejně skryté za nábytkem.

Y los muebles tenían demasiadas muescas y protuberancias.

A nábytek měl příliš mnoho zářezů a výstupků.

Y luego, justo a su lado, rodando, había una manzana.

A pak, hned vedle něj, se kutálelo jablko.

La manzana debió haberle sido arrojada, se dio cuenta.

Uvědomil si, že po něm muselo být hozeno jablko.

Pero no tuvo tiempo de pensar antes de que llegara otra manzana.

Ale neměl čas přemýšlet, než přišlo další jablko.

Gregor se quedó paralizado por la nueva estrategia del padre.

Gregor ztuhl šokem z otcovy nové strategie.

Ya no podía ganar nada intentando huir.

Z pokusu o útěk už nemohl nic získat.

El padre había decidido bombardearlo con fruta.

Otec se rozhodl, že ho zasype ovocem.

Se había llenado los bolsillos con lo que había en el frutero de la cocina.

Naplnil si kapsy ovocnou mísou z kuchyně.

Sin apuntar especialmente, lanzó manzana tras manzana.

Bez zvláštního míření házel jedno jablko za druhým.

Estas pequeñas manzanas rojas rodaban por el suelo.

Tato malá červená jablíčka se kutálela po zemi.

Como si estuvieran electrificadas, las manzanas chocaron entre sí.

Jako by do sebe narazila elektrizující energie, jablka do sebe narážela.

Una de las manzanas lanzadas débilmente rozó la espalda de Gregor.

Jedno ze slabě hozených jablek se oškrábalo Gregora na zádech.

Afortunadamente para él, la manzana se deslizó sin sufrir daño.

Naštěstí pro něj jablko sklouzlo bez škody.

Sin embargo, la manzana lanzada después fue más precisa.

Jablko hozené později však bylo přesnější.

Y esta manzana se alojó profundamente en la espalda de Gregor.

A toto jablko se zarylo hluboko do Gregorových zad.

Gregor quería alejarse del dolor.

Gregor se chtěl od bolesti odtrhnout.

Quizás se pueda escapar de este nuevo e increíble dolor.

Možná by se této nové, neuvěřitelné bolesti dalo uniknout.

Quizás un cambio de ubicación aliviaría su agonía.

Možná by změna místa zmírnila jeho trápení.

Pero se sentía como si lo hubieran clavado al suelo.

Ale cítil se, jako by ho přibili k podlaze.

Se estiró, pero sólo debido a su confusión.

Protáhl se, ale jen kvůli svému zmatku.

Sólo con su última mirada vio que la puerta se abría.

Teprve naposledy pohlédl, jak se dveře otevírají.

La madre corrió hacia su hermana, que gritaba.

Matka vyběhla před křičící sestru.

La hermana la había desnudado, por lo que estaba en camisa.

Sestra ji svlékla, takže byla jen v košili.

Había necesitado respirar en su inconsciencia.

V bezvědomí potřebovala nadechnout se.

Todavía veía cómo la madre corría hacia el padre.

Stále viděl, jak matka běžela k otci.

Sus faldas se deslizaron hasta el suelo, una tras otra.

Její sukně jedna za druhou sklouzly na zem.

La vio acercarse al padre y tropezar con su falda.

Viděl ji, jak se blíží k otci a zakopává o sukni.

Abrazándolo, pidió que le perdonaran la vida a Gregor.

Objala ho a prosila o zachování Gregorova života.

En completa unión con su cuerpo, su vista falló.

V naprostém spojení s tělem mu selhával zrak.

Tercera parte
Třetí část

Gregor sufrió la grave lesión durante más de un mes.
Gregor trpěl těžkým zraněním déle než měsíc.
La manzana quedó incrustada; nadie se atrevió a sacarla.
Jablko zůstalo zabořené; nikdo se neodvážil ho vyndat.
La manzana permaneció en su carne como un recordatorio visible.
Jablko mu zůstalo v těle jako viditelná připomínka.
Pero la manzana también sirvió como recordatorio para el padre.
Ale jablko také sloužilo otci jako připomínka.
Se dio cuenta de que no debía tratar a Gregor como a un enemigo.
Uvědomil si, že s Gregorem by se nemělo zacházet jako s nepřítelem.
Actualmente su apariencia puede ser triste y repugnante.
V současné době by jeho vzhled mohl být smutný a nechutný.
Pero aún así, seguía siendo un miembro de su familia.
Ale i tak byl stále členem jejich rodiny.
Había que aceptar la reticencia y tolerarla.
Neochota se musela spolknout a tolerovat.
Debido a su herida, es posible que haya perdido su movilidad para siempre.
Kvůli jeho zranění může být jeho mobilita navždy ztracena.
Todavía gateaba por su habitación, pero mucho más lento.
Pořád se plazil po pokoji, ale mnohem pomaleji.
Arrastrarse a cualquier altura estaba fuera de cuestión.
Plazit se v jakékoli výšce nepřipadalo v úvahu.
Pero Gregor recibió algún tipo de compensación.
Gregor ale nějakou formu odškodnění obdržel.
Por la noche se le abrió la puerta del salón.
Večer mu otevřeli dveře obývacího pokoje.
Y consideró que estas reparaciones eran completamente adecuadas.
A cítil, že tyto reparace byly zcela dostatečné.

Antes del anochecer ya había empezado a vigilar la puerta.
Ještě před večerem začal hlídat dveře.
Él yacía en la oscuridad, invisible desde la sala de estar.
Ležel ve tmě, neviditelný z obývacího pokoje.
Pudo ver a toda la familia en la mesa iluminada.
Viděl celou rodinu u osvětleného stolu.
Ahora se le permitió escuchar sus conversaciones.
Nyní mu bylo dovoleno poslouchat jejich rozhovory.
Esto fue bastante diferente a su arreglo anterior.
To se dost lišilo od jejich předchozího uspořádání.
Las animadas conversaciones de tiempos pasados habían terminado.
Živé rozhovory dřívějších dob skončily.
Éstas eran las conversaciones que tanto anhelaba.
To byly rozhovory, po kterých dříve toužil.
Cuando dormía solo en pequeñas habitaciones de hotel.
Když spal sám v malých hotelových pokojích.
Cuando tuvo que arrojarse entre las sábanas húmedas.
Když se musel vrhnout do vlhké postele.
Pero ahora las tardes eran en su mayoría tranquilas y sin acontecimientos.
Ale večery teď byly většinou klidné a bezproblémové.
El padre se quedó dormido en su sillón después de cenar.
Otec po večeři usnul ve svém křesle.
Y la madre y la hermana se animaban mutuamente a guardar silencio.
A matka se sestrou se navzájem naléhaly, aby byly zticha.
La madre, inclinada hacia la luz, cosía lino.
Matka, nakloněná vysoko nad světlo, šila prádlo.
Ahora ella hace vestidos para una de las tiendas de moda.
Teď šila šaty pro jeden z módních obchodů.
Al igual que Gregor, la hermana había conseguido un trabajo como vendedora.
Stejně jako Gregor, i sestra si vzala práci prodavačky.
Ella estaba aprendiendo taquigrafía y francés por las tardes.
Večer se učila těsnopis a francouzštinu.

Para que más adelante pudiera tal vez conseguir un mejor puesto de trabajo.

Aby si později mohla najít lepší pracovní pozici.

A veces el padre se despertaba de sus siestas nocturnas.

Někdy se otec probudil z večerního spánku.

"¡Cariño, ya llevas un buen rato cosiendo hoy!"

"Zlato, dnes už jsi tak dlouho šila!"

Parecía haber olvidado que había estado durmiendo.

Zdálo se, že zapomněl, že spal.

Pero inmediatamente volvió a caer en un sueño profundo.

Ale okamžitě znovu upadl do spánku.

Y la madre y la hermana se sonrieron cansadamente.

A matka a sestra se na sebe unaveně usmály.

El padre había desarrollado una extraña y nueva terquedad.

Otec si vypěstoval podivnou novou tvrdohlavost.

Incluso en casa se negó a quitarse el uniforme de sirviente.

Dokonce i doma si odmítal svléknout služebnickou uniformu.

Y su bata colgaba inútilmente en la percha.

A jeho župan visel bezcenně na ramínku.

Así pues, el padre dormía, completamente vestido, en su sillón.

Otec tedy spal, plně oblečený, ve svém křesle.

Era como si siempre estuviera dispuesto a prestar su servicio.

Bylo to, jako by byl vždy připraven vykonat svou službu.

Como si estuviera esperando la voz de su superior.

Jako by jen čekal na hlas svého nadřízeného.

Esto provocó que su uniforme perdiera su limpieza.

To vedlo k tomu, že jeho uniforma ztratila čistotu.

Aunque el uniforme tampoco era nuevo cuando lo recibió.

I když uniforma taky nebyla nová, když ji dostal.

Y la madre hizo todo lo posible para cuidar el uniforme.

A matka se ze všech sil starala o uniformu.

Gregor pasaba tardes enteras mirando este uniforme.

Gregor trávil celé večery prohlížením si této uniformy.

Observó cómo el anciano dormía de manera muy incómoda.

Sledoval, jak starý muž nepohodlně spí.

Pero mientras dormía también notó algo pacífico.

Ale ve spánku si také všiml něčeho klidného.
Cuando el reloj dio las diez la madre intentó despertarlo.
Když hodiny odbily deset, matka se ho pokusila probudit.
Ella habló en voz baja y lo convenció de ir a la cama.
Tiše promluvila a přesvědčila ho, aby šel spát.
Porque dormir en el sillón no era dormir de verdad.
Protože spaní v křesle nebyl opravdový spánek.
Iba a tener que empezar a trabajar a las seis en punto.
Musel začít pracovat v šest hodin.
Así que realmente necesitaba dormir lo mejor posible.
Takže se opravdu potřeboval co nejlépe vyspat.
Pero una nueva forma de terquedad se apoderó de él.
Ale sevřela ho nová forma tvrdohlavosti.
**Convertirse en sirviente había comenzado a tener ese efecto
en él.**
To, že se stal sluhou, na něj začalo mít tento vliv.
Así que siempre insistía en quedarse más tiempo en la mesa.
Takže vždycky trval na tom, aby u stolu zůstal déle.
**Aunque con regularidad volvía a quedarse dormido en su
silla.**
I když pravidelně zase usínal ve svém křesle.
Y sólo con la mayor dificultad pudo ser movido.
A pohnout s ním bylo možné jen s největšími obtížemi.
Tuvieron que decirle que la cama sería mejor para él.
Muselo se mu říct, že postel pro něj bude lepší.
**Madre y hermana tuvieron que insistir con pequeñas
advertencias.**
Matka a sestra musely trvat na svém s malými varováními.
**Durante quince minutos se limitó a menear lentamente la
cabeza.**
Patnáct minut jen pomalu kroutil hlavou.
Y mantuvo los ojos cerrados y se negó a levantarse.
A on měl zavřené oči a odmítal vstát.
La madre tiró de su manga, suavemente, pero con firmeza.
Matka ho jemně, ale pevně zatahala za rukáv.
Y ella susurró palabras halagadoras en sus oídos cansados.
A šeptala mu lichotivá slova do unavených uší.

La hermana abandonó la tarea que tenía entre manos para ayudar a su madre.

Sestra opustila práci, kterou měla na práci, aby pomohla matce.

Pero ninguno de sus esfuerzos funcionó con el padre.

Ale ani jeden z jejich pokusů na otce nezabral.

Se hundió aún más en su silla, preparado para dormir.

Zabořil se ještě hlouběji do křesla, připravený ke spánku.

Y finalmente las mujeres lo agarraron por las axilas.

A nakonec ho ženy chytily pod paží.

Abrió los ojos y los miró alternativamente.

Otevřel oči a střídavě se na ně díval.

"¡Qué vida ésta!" se quejó al irse a dormir.

„Co je to za život," stěžoval si, když šel spát.

"¿Es esta la paz que me ha sido dada en mi vejez?"

„Je tohle ten klid, který mi byl dán ve stáří?"

Pero entonces, apoyándose en las dos mujeres, se levantó torpemente.

Ale pak se opřel o obě ženy a nešikovně vstal.

Actuó como si llevara la carga más pesada.

Choval se, jako by nesl to nejtěžší břemeno.

Dejó que las dos mujeres lo guiaran hasta el final de la habitación.

Nechal se oběma ženami dovést na konec místnosti.

Allí les deseó buenas noches y continuó su camino.

Tam jim popřál dobrou noc a pokračoval dál sám.

Pero la madre rápidamente arrojó su kit de costura.

Ale matka spěšně odhodila svou šicí soupravu.

Y la hermana también dejó el bolígrafo y el bloc de notas.

A sestra také odložila pero a zápisník.

Y corrieron detrás del padre para ayudarle aún más.

A běželi za otcem, aby mu dále pomáhali.

¿Quién en esta familia sobrecargada de trabajo tenía tiempo para Gregor?

Kdo v této přepracované rodině měl na Gregora čas?

¿Quién podría haberle prestado más atención de la necesaria?

Kdo mu mohl věnovat více pozornosti, než bylo nutné?

El presupuesto familiar se fue restringiendo cada vez más.

Domácí rozpočet se stále více omezoval.

Al final, para ahorrar dinero, tuvieron que despedir a la criada.

Nakonec, aby ušetřili peníze, museli služebnou propustit.

Fue reemplazada por una mujer de cabello blanco y huesos gruesos.

Nahradila ji silnokožná žena s bílými vlasy.

Pero esta mujer venía sólo por la mañana y por la tarde.

Ale tato žena chodila jen ráno a večer.

Y todo el trabajo más pesado y duro quedó guardado para ella.

A veškerá ta nejtěžší a nejnáročnější práce byla ušetřena pro ni.

La madre se encargaba de todos los demás quehaceres.

O všechny ostatní práce se starala matka.

Incluso ocurrió que se vendieron varias joyas familiares.

Dokonce se stalo, že se prodávaly různé rodinné šperky.

Joyas que las mujeres lucieron felizmente durante las celebraciones.

Šperky, které ženy s radostí nosily během oslav.

Gregor aprendió esto en una de las discusiones generales.

Gregor se to dozvěděl z jedné z obecných diskusí.

La mayor queja, sin embargo, fue otra.

Největší stížností však bylo něco jiného.

El apartamento era demasiado grande, pero no podían mudarse.

Byt byl příliš velký, ale nemohli se odstěhovat.

No había manera de que pudieran reubicar a Gregor.

Gregora nemohli přemístit.

Pero Gregor se dio cuenta de que no era sólo una consideración.

Gregor si ale uvědomil, že nešlo jen o ohleduplnost.

Algo más les impidió mudarse a otro lugar.

Něco jiného jim bránilo v tom, aby se přestěhovali někam jinam.

Podría haber sido fácilmente transportado en una caja adecuada.

Dalo se ho snadno přepravit ve vhodné krabici.

Sus sentimientos de completa desesperanza los frenaron.

Pocity naprosté beznaděje je brzdily.

No querían admitir que la desgracia les había golpeado.

Nechtěli si přiznat, že je postihlo neštěstí.

Lo que el mundo exige de los pobres, ellos lo cumplen.

Co svět od chudých lidí požaduje, oni splnili.

El padre le preparó el desayuno al pequeño empleado del banco.

Otec přinesl malému bankovnímu úředníkovi snídani.

La madre se sacrificó por la ropa de desconocidos.

Matka se obětovala pro prádlo cizích lidí.

La hermana corría de un lado a otro para atender los pedidos de los clientes.

Sestra běhala sem a tam pro objednávky zákazníků.

Pero ya no tenían fuerzas para hacer más.

Ale na nic víc prostě neměli sílu.

La herida en la espalda de Gregor comenzó a doler aún más.

Rána na Gregorových zádech začala bolet ještě víc.

Cada noche, la madre y la hermana llevaban al padre a la cama.

Každý večer matka a sestra přivedly otce do postele.

Dejaron su trabajo donde estaba y se sentaron juntos.

Nechali práci tam, kde byla, a sedli si spolu.

Y se acercaron más y se sentaron mejilla contra mejilla.

A přiblížili se k sobě a posadili se tváří v tvář.

La madre señaló la habitación desde donde él observaba.

Matka ukázala na místnost, odkud se díval.

"¿Podrías cerrar la puerta?" le preguntó a la hermana.

„Mohl bys zavřít dveře?“ zeptala se sestry.

Y entonces Gregor se quedó solo otra vez en la oscuridad.

A pak Gregor zůstal znovu sám ve tmě.

Y en la habitación de al lado la mujer mezcló sus lágrimas.

A v další místnosti žena smísila jejich slzy.

**O bien se quedaban sentados con los ojos secos,
simplemente mirando la mesa.**
Nebo seděli se suchýma očima a jen zírali do stolu.
Gregor apenas durmió, ni de noche ni de día.
Gregor téměř nespal, ani v noci, ani ve dne.
A menudo pensaba en cómo podría ayudar a la familia.
Často přemýšlel o tom, jak by mohl rodině pomoci.
Pensó en ganar dinero nuevamente para ellos.
Přemýšlel, jak pro ně znovu vydělat peníze.
Pensó en hacer lo que solía hacer por ellos.
Přemýšlel o tom, co pro ně dělal dříve.
En sus pensamientos regresó el representante autorizado.
V myšlenkách se vrátil zmocněný zástupce.
Y esta vez el jefe también vino al apartamento.
A tentokrát do bytu přišel i šéf.
Y los oficinistas y los aprendices también estaban allí.
A úředníci a učni tam byli také.
Incluso el lento empleado de la oficina vino a verlo.
Dokonce i ten pomalý úředník ho přišel navštívit.
Había dos o tres amigos de otros negocios.
Byli tam dva nebo tři přátelé z jiných podniků.
Una de las camareras de un hotel de provincias.
Jedna z pokojských z hotelu na venkově.
Un recuerdo querido y fugaz al que intentó aferrarse.
Drahá a prchavá vzpomínka, které se snažil udržet.
Una cajera de una sombrerería para quien tenía intenciones.
Pokladní z kloboučnictví, pro kterou měl úmysly.
Pero había sido un poco lento en ganar su aprobación.
Ale na to, aby si získal její souhlas, byl trochu příliš pomalý.
**Todos ellos aparecieron en sus pensamientos, mezclados con
desconocidos.**
Všichni se mu objevovali v myšlenkách, smíchaní s cizími
lidmi.
Y otros no aparecieron, ya estaban olvidados.
A další se neobjevili; na ty se už zapomnělo.
Pero no le ayudaron a él ni tampoco a la familia.
Ale nepomohli jemu, ani rodině.

Eran inaccesibles y él se alegró cuando se fueron.
Byli nepřístupní a on byl rád, když odešli.
No siempre estaba de humor para preocuparse por la familia.
Ne vždycky měl náladu se starat o rodinu.
Y se llenó de rabia por la falta de atención.
A z nedostatku pozornosti ho naplňoval vztek.
Y no podía imaginar nada que le apeteciera.
A nedokázal si představit nic, na co by měl chuť.
Pero aún así hizo planes para entrar en la despensa.
Ale stále plánoval vloupání do spíže.
Y él iba a tomar todo lo que se merecía.
A vezme si všechno, co si zasloužil.
La hermana ya no hacía ningún esfuerzo especial por él.
Sestra se o něj už nijak zvlášť nesnažila.
Ella ya no pasaba el tiempo pensando en complacerlo.
Už netrávila čas přemýšlením o tom, jak ho potěšit.
Antes de ir a trabajar, rápidamente metió algo de comida en la habitación.
Před prací rychle vnesla do místnosti nějaké jídlo.
Y por la noche volvió a barrer rápidamente la comida.
A večer jídlo zase rychle smetla.
Ya no se daba cuenta de si había comido o no.
Už si nevšímala, jestli jedl, nebo ne.
En la actualidad, la mayoría de las veces la comida se dejaba intacta.
Jídlo teď většinou zůstávalo nedotčené.
Ella todavía barría rápidamente la habitación por la noche.
Večer se stále rychle prohnala místností.
Pero ahora hizo lo mínimo, lo más rápido posible.
Ale teď udělala to nejnutnější minimum, tak rychle, jak to jen šlo.
Quedaron vetas de suciedad corriendo por las paredes.
Po zdech zůstaly stékat šmouhy špíny.
Bolas de polvo y basura quedaron tiradas en el suelo.
Na podlaze zůstaly ležet koule prachu a odpadků.
Gregor mostró su desaprobación por su falta de cuidado.

Gregor dal najevo svůj nesouhlas s jejím nedostatkem péče.

Se giró en un ángulo particularmente significativo.

Otočil se pod obzvláště významným úhlem.

Pero podría haber permanecido en el puesto durante semanas.

Ale mohl v této pozici zůstat celé týdny.

Su hermana no habría notado su insatisfacción.

Jeho sestra by si jeho nespokojenosti nevšimla.

Ella veía la suciedad tan bien como él, o incluso mejor.

Viděla špínu stejně dobře jako on, ne-li lépe.

Pero ella había decidido dejar la tierra donde estaba.

Ale rozhodla se nechat hlínu tam, kde byla.

En ese momento adoptó una sensibilidad completamente nueva.

V té době si osvojila zcela novou citlivost.

Ella había hecho de la limpieza de la habitación de Gregor su responsabilidad.

Udělala si z úklidu Gregorova pokoje svou zodpovědnost.

La familia se sintió conmovida por su amable consideración.

Rodinu dojala její laskavá ohleduplnost.

Una vez, la madre le había dado a su habitación una limpieza a fondo.

Matka mu jednou důkladně uklidila pokoj.

Sólo después de utilizar unos cuantos baldes de agua lo consiguió.

Teprve po použití několika kbelíků vody se jí to podařilo.

Sin embargo, la nueva humedad en la habitación perjudicó a Gregor.

Nová vlhkost v místnosti však Gregorovi škodila.

Y él yacía ancho, amargado e inmóvil en el sofá.

A ležel široce roztažený, hořký a nehybný na pohovce.

Pero ese fue sólo su primer castigo por ayudar.

Ale to byl jen její první trest za pomoc.

La hermana notó rápidamente el cambio en la habitación de Gregor.

Sestra si rychle všimla změny v Gregorově pokoji.

Y ella corrió a la sala, extremadamente insultada.

A vběhla do obývacího pokoje, nesmírně uražená.
Su madre levantó las manos y trató de implorarle.
Její matka zvedla ruce a snažila se ji prosit.
Pero a pesar de una explicación sincera, ella rompió a llorar.
Ale i přes upřímné vysvětlení se rozplakala.
El padre, por supuesto, se sobresaltó y se levantó de la silla.
Otec samozřejmě s úlekem vyskočil ze židle.
Y los dos padres miraban asombrados e impotentes.
A oba rodiče se dívali, užasle a bezmocně.
Y con el tiempo sus emociones también se agitaron.
A nakonec se i jejich emoce rozvířily.
El padre reprochó a la madre lo que había hecho.
Otec matce vyčítal, co udělala.
"Deberías haber dejado la habitación para que Grete la limpiara."
„Měl jsi nechat pokoj, aby ho Grete uklidila.“
Grete le gritó a la madre por limpiar su habitación.
Grete křičela na matku, že mu uklidila pokoj.
"¡Nunca más podrás limpiar su habitación!"
"Už nikdy v životě nesmíš uklízet jeho pokoj!"
La madre intentó arrastrar al padre al dormitorio.
Matka se pokusila otce zatáhnout do ložnice.
La hermana se quedó en la habitación, temblando y sollozando.
Sestra zůstala v pokoji, třásla se a vzlykala.
Y golpeó la mesa con sus pequeños puños.
A bušila pěstičkami do stolu.
Y Gregor, enojado, siseó fuertemente contra todos ellos.
A Gregor na všechny hlasitě zasyčel vzteky.
¿Por qué a nadie se le ocurrió cerrarle la puerta?
Proč nikoho nenapadlo zavřít před ním dveře?
Podrían haberle ahorrado esta vista y este ruido.
Mohli ho ušetřit tohoto pohledu a hluku.
La hermana estaba agotada después de llegar a casa del trabajo.
Sestra byla po návratu z práce vyčerpaná.
Y cuidar a Gregor era aún más trabajo para ella.

A péče o Gregora pro ni byla ještě větší námaha.

Pero eso no significaba que la madre debía haberlo hecho.

Ale to neznamenalo, že to matka měla udělat.

A Gregor, por el contrario, no hay que descuidarlo.

Gregor by na druhou stranu neměl být zanedbáván.

Pero ahora tenían una nueva criada que podía hacer esas cosas.

Ale teď měli novou služebnou, která uměla takové věci.

Una viuda anciana que tenía una estructura ósea robusta.

Starší vdova, která měla robustní kostru.

Una estatura que la ayudó a sobrevivir a su difícil vida.

Postava, která jí pomohla přežít její těžký život.

Ella no sentía ninguna aversión real hacia la apariencia de Gregor.

Neměla žádný skutečný odpor k Gregorovu vzhledu.

Ella había abierto accidentalmente la puerta de la habitación de Gregor.

Omylem otevřela dveře do Gregorova pokoje.

No fue por ninguna curiosidad particular sobre la habitación.

Nebylo to z nějaké zvláštní zvědavosti ohledně místnosti.

Ella simplemente estaba haciendo su trabajo y por casualidad abrió la puerta.

Jen si dělala svou práci a náhodou otevřela dveře.

Gregor, por supuesto, quedó completamente sorprendido por ella.

Gregor byl z ní samozřejmě naprosto překvapen.

No lo perseguían, sino que corría de un lado a otro.

Nepronásledovali ho, ale běhal sem a tam.

Y ella simplemente cruzó sus brazos y lo observó gatear.

A ona si jen založila ruce a sledovala, jak se plazí.

Desde entonces ella siempre le abría un poquito la puerta.

Od té doby mu vždycky trochu pootevřela dveře.

Una mañana ella entró para ver cómo estaba.

Jednou ráno se podívala, jak se mu daří.

Y por la tarde ella fue a ver cómo estaba antes de irse.

A večer se na něj podívala, než odešla.

Al principio ella también intentó llamarlo para que viniera con ella.

Nejdříve se ho také snažila zavolat, aby k ní přišel.

"¡Ven aquí, viejo escarabajo pelotero!", solía decir.

„Pojď sem, starý broku!" říkávala.

O ella dijo, "¡mira ese viejo escarabajo pelotero!", amigablemente.

Nebo řekla přátelsky: „Podívejte se na toho starého brouka!".

Gregor nunca reaccionó cuando le hablaron de esa manera.

Gregor nikdy nereagoval na to, když s ním někdo takhle oslovil.

Él permaneció allí, sin moverse, y la ignoró.

Zůstal tam bez hnutí a ignoroval ji.

"Si le hubieran dicho cómo hacer correctamente su trabajo."

„Kdyby jí jen někdo řekl, jak má správně dělat svou práci."

"En lugar de molestarme debería limpiar mi habitación."

„Místo aby mě otravovala, měla by mi uklidit pokoj."

Una mañana temprano una fuerte lluvia golpeó las ventanas.

Jednou brzy ráno udeřil do oken silný déšť.

Quizás la lluvia ya era una señal de la llegada de la primavera.

Možná už déšť byl známkou přicházejícího jara.

La criada comenzó a hablarle de esa manera una vez más.

Služebná s ním znovu začala mluvit takovým způsobem.

Gregor estaba tan amargado que se giró para mirarla.

Gregor byl tak rozhořčený, že se k ní otočil čelem.

Era lento y débil, pero fue una especie de ataque.

Byl pomalý a neschopný, ale byl to tak trochu útok.

La criada, sin embargo, no tenía ningún miedo de Gregor.

Služebná se však Gregora vůbec nebála.

En lugar de eso, levantó una silla que estaba cerca de la puerta.

Místo toho zvedla židli, která byla blízko dveří.

Y ella permaneció allí, tranquilamente, con la boca abierta.

A ona tam stála, klidně, s dokořán otevřenými ústy.

Sus intenciones eran claras, incluso Gregor podía verlo.

Její úmysly byly jasné, dokonce i Gregor to viděl.

Y se giró, lentamente, a su posición original.
A pomalu se otočil do své původní polohy.
—Entonces no quieres acercarte más, ¿verdad?
„Takže se nechceš přiblížit, že ne?“
Y silenciosamente volvió a poner la silla en la esquina.
A tiše postavila židli zpátky do rohu.

Gregor ya casi no comía nada.
Gregor už téměř nic nejedl.
A veces, mientras caminaba por la habitación, se detenía.
Někdy se při svých procházkách po místnosti zastavil.
Y se encontró junto a la comida preparada para él.
A ocitl se vedle jídla, které mu bylo připraveno.
Se llevó la comida a la boca, pero sólo para jugar con ella.
Dal si jídlo do pusy, ale jen aby si s ním hrál.
Y muy a menudo lo escupía de nuevo al cabo de unas horas.
A docela často to po pár hodinách zase vyplivl.
Trató de encontrar una razón para su falta de apetito.
Snažil se najít důvod pro svou nechutenství.
Quizás porque estaba triste por el estado de su habitación.
Možná proto, že byl smutný ze stavu svého pokoje.
Pero ya se había adaptado a los cambios que se producían en la habitación.
Ale smířil se se změnami v místnosti.
Recientemente su habitación se había convertido en una especie de almacén.
Nedávno se z jeho pokoje stala jakási skladiště.
Se habían acostumbrado a dejar las cosas allí.
Zvykli si tam nechávat věci.
Y ahora quedaban muchas cosas así en su habitación.
A v jeho pokoji teď zbylo mnoho takových věcí.
Porque una habitación del apartamento estaba alquilada.
Protože jeden pokoj v bytě byl pronajatý.
Tres caballeros serios alquilaban la habitación juntos.
Pokoj si pronajímali společně tři vážní pánové.
Gregor los vio una vez a través de una rendija en la puerta.
Gregor si jich jednou všiml škvírou ve dveřích.

Llevaban barbas pobladas y estaban vestidos meticulosamente.

Měli plné vousy a byli pečlivě oblečeni.

Eran escrupulosos en mantener todo ordenado.

Dbalě na to, aby ve všem udržovali pořádek.

Su insistencia en el orden no se limitaba a su habitación.

Jejich důraz na uklizenost se neomezoval jen na jejich pokoj.

Todo el apartamento tenía que mantenerse perfectamente limpio.

Celý byt musel být udržován v perfektním čistotě.

Eran aún más exigentes con el aspecto de la cocina.

Ještě více si dělali starosti s tím, jak kuchyň vypadá.

Y no podían tolerar ningún desorden innecesario.

A nemohli tolerovat žádný zbytečný nepořádek.

También habían traído consigo sus propios muebles.

Také si s sebou přivezli vlastní nábytek.

Por esta razón muchas cosas se habían vuelto superfluas.

Z tohoto důvodu se mnoho věcí stalo zbytečným.

Eran cosas por las que nadie pagaría dinero.

Byly to věci, za které by nikdo neplatil.

Pero la familia tampoco quería deshacerse de estas cosas.

Ale rodina se těchto věcí také nechtěla zbavit.

Todas estas cosas fueron a parar a la habitación de Gregor.

Všechny tyto věci se někam dostaly do Gregorova pokoje.

El cajón de cenizas de la cocina ahora estaba guardado en su habitación.

Popelník z kuchyně teď měl v pokoji.

Y la basura se guardaba en su habitación hasta el día de la basura.

A odpadky si nechal v pokoji až do dne, kdy se svážel odpad.

La criada arrojó todo lo que no necesitaba en su habitación.

Služebná mu do pokoje naházela všechno, co nepotřebovala.

Afortunadamente no vio más que la mano y el objeto.

Naštěstí neviděl nic víc než ruku a předmět.

Probablemente tenía la intención de volver a buscar las cosas más tarde.

Pravděpodobně se pro ty věci chtěla vrátit později.

O tal vez quería tirarlo todo de una vez.

Nebo možná chtěla všechno zahodit najednou.

Sin embargo, todo permaneció donde había quedado al principio.

Všechno však zůstalo tam, kde to původně přistálo.

A menos que Gregor moviera la basura moviéndose a través de ella.

Ledaže by Gregor s tím haraburdím pohnul tak, že by se jím prohrabal.

Al principio se vio obligado a arrastrarse entre toda la basura.

Zpočátku byl nucen prolézat vším tím haraburdím.

No tenía posibilidad de evitarlo.

Neměl žádnou možnost se tomu vyhnout.

Pero más tarde realmente encontró placer en esta actividad.

Ale později v této činnosti skutečně nacházel potěšení.

Aunque tal esfuerzo lo dejó triste y profundamente cansado.

Ačkoli ho taková námaha zarmoutila a hluboce unavila.

Y después no pudo moverse durante muchas horas.

A poté se mnoho hodin nemohl pohnout.

Los inquilinos a veces comían en la sala de estar.

Nájemníci někdy jedli v obývacím pokoji.

La puerta del salón permanecía cerrada esas noches.

Dveře do obývacího pokoje zůstávaly v ty večery zavřené.

Pero a Gregor no le resultó difícil no abrir la puerta.

Ale Gregorovi teď nedělalo problém neotevřet dveře.

Incluso cuando la puerta estaba abierta, no siempre miraba hacia afuera.

I když byly dveře otevřené, ne vždy se díval ven.

Pero él se acostó en el rincón más oscuro de la habitación.

Ale on se usadil v nejtemnějším rohu místnosti.

La familia tampoco notó su falta de atención.

Ani rodina si jeho nedostatku pozornosti nevšimla.

Pero hubo una vez que la criada dejó la puerta abierta.

Ale jednou se stalo, že služebná nechala dveře otevřené.

La puerta permaneció abierta incluso cuando los inquilinos regresaron.

Dveře zůstaly otevřené, i když se nájemníci vrátili.
Y la puerta estaba abierta cuando se encendió la luz.
A dveře byly otevřené, když se rozsvítilo.
El hombre se sentó a la mesa donde la familia cenaba.
Muž seděl u stolu, kde rodina večeřela.
Allí se sentaron en el pasado el padre, la madre y Gregor.
Otec, matka a Gregor tam sedávali v dřívějších dobách.
Desplegaron las servilletas y cogieron cuchillos y tenedores.
Rozložili ubrousky a vzali si nože a vidličky.
La madre apareció en la puerta con un plato de carne.
Matka se objevila ve dveřích s miskou masa.
Entonces la hermana entró con un cuenco lleno de patatas.
Pak vešla sestra s mísou plnou brambor.
Los inquilinos se inclinaron sobre los cuencos colocados delante de ellos.
Nájemníci se skláněli nad miskami, které byly před nimi postaveny.
El humo denso de la comida les llegaba hasta la nariz.
Hustý kouř z jídla jim stoupal až k nosu.
Pero aún no habían decidido si comerían la comida.
Ale ještě se nerozhodli, zda to jídlo sní.
Quizás enviarían la comida de vuelta a la cocina.
Možná by jídlo poslali zpátky do kuchyně.
El hombre sentado en el medio parecía ser la autoridad.
Muž sedící uprostřed se zdál být autoritou.
Cortó la carne para determinar si estaba lo suficientemente tierna.
Nakrájel maso, aby zjistil, jestli je dostatečně měkké.
Estaba satisfecho con el olor y el aspecto de la comida.
Byl spokojený s tím, jak jídlo vonělo a vypadalo.
La madre y la hermana los observaban ansiosamente.
Matka a sestra je úzkostlivě pozorovaly.
Y empezaron a sonreír con un suspiro de alivio.
A začali se usmívat s povzdechem nahromaděné úlevy.
La propia familia iba a comer en la cocina.
Rodina sama se chystala jíst v kuchyni.
Pero primero el padre fue a ver cómo estaban los inquilinos.

Ale nejdříve se otec šel podívat na nájemníky.
Hizo una reverencia, sosteniendo en su mano su gorra de trabajo.
Jednou se uklonil a v ruce držel čepici z práce.
Y caminó en círculo alrededor de la mesa, hacia cada invitado.
A obešel stůl, ke každému hostovi
Todos los inquilinos se pusieron de pie y murmuraron algo entre dientes.
Všichni nájemníci vstali a mumlali si do vousů.
Después de que él se fue, comieron en un silencio casi absoluto.
Poté, co odešel, jedli téměř v naprostém tichu.
A Gregor le pareció extraño que pudiera oír la masticación.
Gregorovi se zdálo zvláštní, že slyší žvýkání.
Ningún otro aspecto de la alimentación parecía emitir ningún sonido.
Žádný jiný aspekt jídla se nezdál být slyšet.
Pero podía oír claramente el rechinar de los dientes.
Ale zřetelně slyšel skřípání zubů.
Parecían decirle que necesitaba dientes para comer.
Zdálo se, že mu říkají, že k jídlu potřebuje zuby.
"No puedes hacer nada si tus mandíbulas no tienen dientes".
"Nemůžeš dělat nic, když máš bezzubé čelisti."
"Me gustaría comer algo", dijo Gregor ansiosamente.
„Rád bych si něco dal,“ řekl Gregor úzkostlivě.
"Pero no tengo apetito para lo que están comiendo".
„Ale na to, co všichni jíte, nemám chuť.“
"Mira cómo comen estos huéspedes y yo aquí muriéndome de hambre".
„Podívejte se, jak tito nájemníci jedí, a já tady umírám hlady.“
Aquella noche Gregor pensó por casualidad en el violín.
Gregor ten večer náhodou pomyslel na housle.
No había oído el violín desde la transformación.
Od té proměny neslyšel housle.
Pero entonces, esta noche, se oyó un ruido desde la cocina.
Ale pak, dnes večer, se z kuchyně ozval zvuk.

Los caballeros ya habían terminado su cena.
Pánové už dojedli večeři.
El caballero del medio había comenzado a leer un periódico.
Prostřední pán začal číst noviny.
Les había dado a los otros dos caballeros una hoja a cada uno.
Dvěma dalším pánům dal každému prostěradlo.
Y ahora estaban recostados, leyendo y fumando.
A teď se opírali, četli si a kouřili.
Cuando el violín empezó a sonar, se pusieron atentos.
Když začaly hrát housle, začali pozorně sledovat.
Se levantaron y caminaron de puntillas hacia la puerta de la antesala.
Vstali a po špičkách šli ke dveřím předsíně.
Allí estaban, acurrucados juntos, escuchando desde la puerta.
Stáli tu schoulení k sobě a naslouchali u dveří.
La familia debió haber escuchado a los hombres desde la cocina.
Rodina musela slyšet muže z kuchyně.
Porque el padre los llamó y les preguntó;
Protože otec na ně zavolal a zeptal se jich;
¿Acaso el violín resulta incómodo para los caballeros?
„Nejsou snad housle pro pány nepohodlné?“
"Si no te gusta la música podemos parar inmediatamente."
„Jestli se ti hudba nelíbí, můžeme okamžitě přestat.“
"Al contrario", dijo el centro de los caballeros.
„Naopak,“ řekl prostřední z pánů.
"¿Le gustaría a la señorita tocar el violín en nuestra habitación?"
"Chtěla by si slečna zahrát na housle v našem pokoji?"
"Definitivamente es mucho más cómodo y acogedor aquí".
"Je to tu rozhodně mnohem pohodlnější a útulnější."
El padre respondió como si fuera el propio violinista.
Otec odpověděl, jako by byl sám houslistou.
"Oh, por favor, eso sería maravilloso", exclamó el padre.
„Prosím, to by bylo skvělé,“ zvolal otec.

Los caballeros regresaron a la sala de estar y esperaron.
Pánové se vrátili do obývacího pokoje a čekali.
Pronto el padre entró en la habitación con el atril.
Brzy vešel do místnosti otec s notovým pultem.
La madre entró en la habitación con el libro de música.
Matka vešla do pokoje s notovou knihou.
Y la hermana entró en la habitación con el violín.
A sestra vešla do místnosti s houslemi.
Ella preparó todo con calma para tocar el violín.
Klidně si všechno připravila na hru na housle.
Los padres exageraron su cortesía y modales.
Rodiče přeháněli svou zdvořilost a chování.
Nunca antes habían alquilado habitaciones a huéspedes.
Nikdy předtím nepronajímali pokoje nájemníkům.
Y ni siquiera se atrevieron a sentarse en sus propias sillas.
A ani si neodvážili sednout na vlastní židle.
En lugar de sentarse, el padre se apoyó contra la puerta.
Místo aby se posadil, se otec opřel o dveře.
Su mano derecha estaba entre dos botones de su abrigo.
Pravou ruku měl mezi dvěma knoflíky kabátu.
Sin embargo, un caballero le ofreció una silla a la madre.
Matce však jeden pán nabídl židli.
Pero ella se sentó donde el caballero había colocado la silla.
Ale seděla tam, kam pán postavil židli.
Y no había colocado la silla en ningún lugar determinado.
A židli neumístil na žádné konkrétní místo.
Así que la madre se sentó apartada de todos, en un rincón.
Matka si tedy sedla stranou od všech, do rohu.
Y finalmente la hermana empezó a tocar el violín.
A konečně sestra začala hrát na housle.
Los padres, en lados opuestos, prestaron mucha atención.
Rodiče na opačných stranách bedlivě sledovali situaci.
Y observaban atentamente cada movimiento de su mano.
A pečlivě sledovali každý pohyb její ruky.
Gregor también se sentía atraído por la interpretación del violín.
Gregora také přitahovala hra na housle.

Y se aventuró a salir de su habitación un poco más lejos.
A odvážil se ze svého pokoje o kousek dál.
Él ya estaba con la cabeza dentro de la sala.
Už byl s hlavou v obývacím pokoji.
Solía enorgullecerse de ser muy considerado.
Býval velmi pyšný tím, že byl velmi ohleduplný.
Pero últimamente casi no cuestiona su falta de cuidado.
Ale v poslední době o svém nedostatku péče téměř
nezpochybňoval.
Aunque ahora tenía más motivos para esconderse que antes.
I když teď měl víc důvodů se schovávat než dřív.
**Porque su habitación estaba cubierta de polvo y suciedad
diversa.**
Protože jeho pokoj byl pokrytý prachem a různou špínou.
El más leve movimiento levantaba todo tipo de suciedad.
Sebemenší pohyb zvířil nejrůznější špínu.
Toda esa suciedad se le pegó: polvo, pelo, restos de comida.
Všechna ta špína se na něm lepila; prach, vlasy, zbytky jídla.
Podría haber frotado la suciedad contra la alfombra.
Mohl tu špínu setřít o koberec.
Esto era algo que solía hacer varias veces al día.
Tohle dělal několikrát denně.
Pero su indiferencia hacia todo era demasiado grande.
Ale jeho lhostejnost ke všemu byla až příliš velká.
Así que no tuvo miedo de avanzar un poco más.
Takže se nebál posunout o kousek dál.
Y se trasladó al inmaculado suelo de la sala de estar.
A přesunul se na bezvadnou podlahu obývacího pokoje.
Sin embargo, nadie se dio cuenta ni le prestó atención.
Nikdo si ho však nevšiml, ani mu nevěnoval pozornost.
La familia estaba completamente absorta en el concierto.
Rodina byla koncertem zcela pohlcena.
Los caballeros, por el contrario, inicialmente se retiraron.
Pánové naopak zpočátku ustoupili.
Y se quedaron cerca, detrás del atril de la hermana.
A stáli těsně za sestřiným notovým pultem.
Si hubieran mirado habrían podido ver las notas musicales.

Kdyby se podívali, mohli vidět noty.

. Esto, por supuesto, habría perturbado a la hermana.

To by samozřejmě sestru znepokojilo.

Luego se quedaron de pie junto a la ventana, en lugar de sentarse.

Pak se postavili k oknu, místo aby si sedli.

Con las manos en los bolsillos seguían hablando.

S rukama v kapsách nepřestávali mluvit.

Permanecieron allí mientras el padre observaba ansiosamente.

Zůstali tam, zatímco je otec úzkostlivě pozoroval.

Uno tenía la impresión de que tenían otras expectativas.

Člověk měl dojem, že měli jiná očekávání.

Y realmente parecía como si se hubieran decepcionado.

A opravdu se zdálo, že byli zklamaní.

Parecía que ya estaban hartos de la actuación.

Zdálo se, že už měli toho výkonu dost.

Habían permitido que el violín perturbara su paz.

Dovolili, aby housle narušily jejich klid.

Y sólo toleraban la música por cortesía.

A hudbu tolerovali jen ze zdvořilosti.

Lo que más me desconcertó fue cómo expulsaron el humo.

To, jak odfoukli kouř, bylo obzvláště znepokojivé.

Y aún así, tocaba el violín maravillosamente.

A přesto hrála na housle tak krásně.

Su rostro estaba inclinado suavemente hacia un lado, sobre el violín.

Její tvář byla jemně nakloněna na stranu, na houslích.

Sus ojos buscaban con tristeza las líneas musicales.

Její oči smutně pátraly po notových liniích.

Gregor se sintió atraído un poco más hacia la sala de estar.

Gregor se cítil trochu víc vtažen do obývacího pokoje.

Mantuvo la cabeza cerca del suelo, pero miró hacia arriba.

Držel hlavu blízko země, ale díval se vzhůru.

Tal vez de esta manera la mirada de su hermana podría encontrarse con la suya.

Možná by se takhle mohl setkat pohled jeho sestry s jeho
očima.
¿Puede realmente decirse que era sólo un animal?
Dá se opravdu říct, že byl jen zvíře?
¿Era un animal si la música podía cautivarlo tanto?
Byl snad zvířetem, když ho hudba dokázala tak uchvátit?
**Sintió como si le mostraran un camino hacia una
alimentación desconocida.**
Cítil se, jako by mu byla ukázána cesta k neznámé výživě.
Quizás éste era el sustento que le faltaba.
Možná to byla právě ta obživa, která mu chyběla.
Estaba decidido a dirigirse hacia su hermana.
Byl odhodlaný vydat se ke své sestře.
Quería tirar de su falda para llamar su atención.
Chtěl ji zatáhnout za sukni, aby upoutal její pozornost.
Quería darle una indicación de una invitación.
Chtěl jí naznačit pozvání.
"Ven a tocar el violín en mi habitación", quiso decir.
„Pojď si zahrát na housle do mého pokoje,“ chtěl říct.
**Él quería que ella fuera recompensada por su hermosa
música.**
Chtěl, aby byla odměněna za její krásnou hudbu.
"Aquí nadie te recompensa por tocar el violín".
„Nikdo tě tady neodměňuje za to, že hraješ na housle.“
Él ya no quería dejarla salir de su habitación.
Už ji nechtěl pustit ze svého pokoje.
Él quería que ella permaneciera con él mientras viviera.
Chtěl, aby s ním zůstala tak dlouho, jak bude žít.
Por primera vez su transformación tuvo un beneficio.
Poprvé jeho proměna měla prospěch.
Su deformidad finalmente iba a serle útil.
Jeho deformace se mu konečně měla stát užitečnou.
Quería estar en las cuatro puertas simultáneamente.
Chtěl být u všech čtyř dveří současně.
Quería silbarles y escupirles desde todos los ángulos.
Chtěl na ně syčet a plivat ze všech stran.
Su hermana no debería verse obligada a quedarse con él.

Jeho sestra by neměla být nucena s ním zůstat.
Él quería que ella eligiera quedarse con él voluntariamente.
Chtěl, aby se dobrovolně rozhodla s ním zůstat.
Ella iba a sentarse a su lado e inclinarse hacia él.
Chtěla si sednout vedle něj a sklonit se k němu.
Y le iba a contar sobre la escuela de música.
A chystal se jí říct o hudební škole.
Tenía la firme intención de enviarla a la academia.
Měl pevný úmysl poslat ji na akademii.
Se lo habría contado a todo el mundo la pasada Navidad.
Řekl by o tom všem o minulých Vánocích.
¿Ya había llegado y pasado realmente la Navidad?
Opravdu už Vánoce přišly a zase odešly?
Y no habría dejado que nadie le disuadiera de ello.
A nenechal by se nikým odradit od toho.
Pero entonces el desafortunado accidente lo detuvo todo.
Pak ale všechno zastavila nešťastná nehoda.
La hermana se habría sentido abrumada por la emoción.
Sestru by přemohly emoce.
Y entonces Gregor se habría subido hasta su hombro.
A pak by jí Gregor vylezl až na rameno.
Y la habría consolado besándole el cuello.
A utěšil by ji políbením na krk.
—¡Señor Samsa! —gritó el hombre del medio al padre.
„Pane Samso!" zavolal muž uprostřed na otce.
Señalaba con su dedo índice hacia Gregor.
Ukazoval ukazováčkem dolů na Gregora.
Gregor se movía lentamente por el suelo de la sala de estar.
Gregor se pomalu pohyboval po podlaze obývacího pokoje.
El sonido del violín se silenció muy rápidamente.
Hra na housle velmi rychle utichla.
El del medio de los tres hombres sonrió a sus amigos.
Prostřední ze tří mužů se na své přátele usmál.
Luego meneó la cabeza y volvió a mirar a Gregor.
Pak zavrtěl hlavou a podíval se zpět na Gregora.
El padre podría haber obligado a Gregor a regresar a su habitación.

Otec mohl Gregora donutit vrátit se do jeho pokoje.

Pero esa no fue la primera acción que decidió tomar.

Ale to nebyl první krok, pro který se rozhodl.

Pensó que era más importante calmar a los caballeros.

Myslel si, že důležitější je uklidnit pány.

Aunque en realidad no estaban molestos en absoluto por Gregor.

I když je Gregor vůbec nerozčiloval.

Gregor parecía más entretenido que tocar el violín.

Gregor se zdál zábavnější než hra na housle.

Corrió hacia ellos con los brazos extendidos.

S rozpaženýma rukama se k nim rozběhl.

Estaba intentando hacer lo mejor que podía para ocultar su visión de Gregor.

Snažil se ze všech sil zakrýt jejich pohled na Gregora.

Y trató de animarlos a regresar a su habitación.

A snažil se je povzbudit, aby se vrátili do svého pokoje.

En realidad, esto los hizo enfadar un poco.

Spíše je to trochu naštvalo.

Pero era difícil decir exactamente qué les molestaba.

Ale bylo těžké říct, co přesně je naštvalo.

El padre estaba arruinando la diversión de la noche.

Otec kazil zábavu večera.

Pero también acababan de enterarse de su nuevo compañero de piso.

Ale také se právě dozvěděli o svém novém spolubydlícím.

Levantaron las manos tal como lo había hecho el padre.

Zvedli ruce stejně jako to udělal otec.

Exigieron una explicación inmediata al padre.

Požadovali od otce okamžité vysvětlení.

Se tiraron inquietos de la barba esperando una respuesta.

Neklidně si tahali za vousy, aby se dozvěděli odpovědi.

Y retrocedieron hasta su habitación, pero muy lentamente.

A couvali do svého pokoje, ale velmi pomalu.

La interrupción había dejado a la hermana en trance.

Vyrušení uvedlo sestru do transu.

Dejó que el violín y el arco colgaran a su lado.

Nechala housle a smyčec viset podél těla.

Y ella miraba la partitura como si todavía estuviera tocando.

A dívala se na notový zápis, jako by stále hrál.

Pero de repente ella regresó a la habitación.

Ale pak se náhle vrátila zpátky do místnosti.

Y ahora había superado el sentimiento de estar perdida.

A teď už překonala pocit ztracenosti.

Ella colocó el instrumento musical en el regazo de su madre.

Položila hudební nástroj matce na klín.

La madre estaba sentada en la silla, respirando con dificultad.

Matka seděla na židli a těžce oddechovala.

Y entonces la hermana tuvo que correr a la habitación de al lado.

A pak sestra musela běžet do vedlejší místnosti.

Tenía que dejar todo listo para los caballeros.

Musela pro pány připravit všechno.

Ella arrojó las mantas y los cojines al aire.

Vyhodila deky a polštáře do vzduchu.

Y con sus manos expertas dispuso toda la ropa de cama.

A svýma šikovnýma rukama ustlala veškeré ložní prádlo.

Terminó antes de que los caballeros llegaran a la habitación.

Dokončila dřív, než pánové dorazili do místnosti.

Y ella se escabulló antes de interponerse en su camino.

A vyklouzla ven, než se jim dostala do cesty.

El padre parecía estar dominado por su propia terquedad.

Otec se zdál být ovládnut vlastní tvrdohlavostí.

Y así olvidó todo respeto que debía a sus inquilinos.

A tak zapomněl na veškerou úctu, kterou dlužil svým nájemníkům.

Empujó y empujó hasta que su portavoz se opuso.

Tlačil a tlačil, dokud jejich mluvčí neprotestoval.

Al llegar a la puerta, dio una patada furiosa.

Když došel ke dveřím, rozzlobeně dupl nohou.

Y con esto logró detener al padre.

A tím otce zarazil.

"Por la presente declaro", comenzó dirigiéndose a su propietario.

„Tímto prohlašuji," začal se obracet ke svému hostinskému.

Y levantó la mano, mirando a toda la familia.

A zvedl ruku a podíval se na celou rodinu.

"En cuanto a las repugnantes condiciones de la habitación;"

„Pokud jde o nechutné podmínky v místnosti;"

Y se aseguró de que todos escucharan sus palabras.

A ujistil se, že všichni naslouchají jeho slovům.

"Por la presente, le comunico que desocuparé mi habitación".

"Tímto oznamuji, že vyklidím svůj pokoj."

Y reiteró su punto escupiendo en el suelo.

A svůj argument dále podpořil plivnutím na zem.

"Tampoco pagaré por los días que he vivido aquí."

„Ani nezaplatím za dny, které jsem tady prožil."

Sin embargo, no estaba completamente satisfecho con este reembolso.

S touto náhradou však nebyl zcela spokojen.

"Y consideraré hacer otras demandas contra usted."

„A zvážím, zda na vás vznesu další požadavky."

Créeme, tales exigencias serán muy fáciles de justificar.

„Věřte mi, že takové požadavky se budou velmi snadno ospravedlnit."

Él permaneció en silencio y miró directamente al padre.

Mlčel a díval se přímo před sebe na otce.

Parecía estar esperando que sucediera algo más.

Zdálo se, že čeká, že se stane něco víc.

De hecho, sus dos amigos inmediatamente tuvieron la misma idea.

Vlastně jeho dva přátelé okamžitě dostali stejný nápad.

"También estamos cancelando nuestras habitaciones", dijeron al unísono.

„Také rušíme naše pokoje," řekli jednohlasně.

Luego agarró la manija de la puerta y cerró la puerta.

Pak chytil kliku a zavřel dveře.

Y con un fuerte estruendo se encerraron en su habitación.

A s hlasitou ránu se zavřeli ve svém pokoji.

El padre se tambaleó hasta su silla con manos torpes.

Otec se s roztřesenýma rukama potácel k židli.

Y se dejó caer en la silla, derrotado.

A poraženě se zřítil do křesla.

Parecía como si fuera a echar su siesta vespertina habitual.

Vypadalo to, jako by si šel zdřímnout jako obvykle večer.

Pero su cabeza asintió casi como si no tuviera apoyo.

Ale jeho hlava přikývla, jako by neměla žádnou oporu.

Y se podía ver que no estaba durmiendo en absoluto.

A bylo vidět, že vůbec nespal.

Durante todo este tiempo Gregor no se había movido de su sitio.

Po celou tu dobu se Gregor nepohnul z místa.

Todavía estaba donde los caballeros lo habían visto por primera vez.

Stále byl tam, kde ho pánové poprvé viděli.

Incluso si hubiera querido moverse, le resultó imposible.

I kdyby se chtěl pohnout, zjistil, že je to nemožné.

Por su decepción, o por su hambre.

Kvůli svému zklamání, nebo kvůli svému hladu.

Estaba decepcionado por el fracaso de su plan.

Byl zklamaný z neúspěchu svého plánu.

Y estaba débil por el hambre prolongada que sentía.

A byl slabý z dlouhodobého hladu, který cítil.

Estaba seguro de que en cualquier momento todos se volverían contra él.

Byl si jistý, že se proti němu každou chvíli všichni obrátí.

Con esta expectativa de colapso inminente, esperó.

S tímto očekáváním bezprostředního zhroucení čekal.

El violín empezó a deslizarse del regazo de la madre.

Housle začaly matce sklouzávat z klína.

Con un sonido resonante el violín cayó al suelo.

S dunivým zvukem housle dopadly na zem.

Pero ni siquiera ese repentino ruido estrepitoso lo sobresaltó.

Ale ani tento náhlý třesk ho nevylekal.

«Queridos padres», dijo la hermana, «esto no puede continuar».

„Drazí rodiče," řekla sestra, „takhle tohle nemůže pokračovat."

Y golpeó la mesa con la mano para dejar claro su punto.

A práskla rukou do stolu, aby dala najevo svůj názor.

"No diré el nombre de mi hermano delante de este monstruo".

„Před touhle zrůdou nevyslovím jméno svého bratra."

"Por eso lo digo lo más claramente posible:"

„Proto to říkám tak otevřeně, jak jen to jde:"

"No tenemos otra opción que deshacernos de este animal".

"Nemáme jinou možnost, než se toho zvířete zbavit."

"Hicimos lo mejor que pudimos para tolerar y cuidar a este animal".

"Snažili jsme se ze všech sil tolerovat toto zvíře a starat se o něj."

"No creo que nadie pueda culparnos en lo más mínimo".

"Myslím, že nás nikdo nemůže ani v nejmenším vinit."

"Tiene mil veces razón", asintió el padre.

„Má tisíckrát pravdu," souhlasil otec.

La madre aún no había recuperado del todo el aliento.

Matka se stále ještě úplně nezotavila z dechu.

Ella empezó a toser sordamente en su mano, respirando con dificultad.

Začala tupě kašlat do ruky a těžce oddechovala.

Y una expresión de locura comenzó a surgir en sus ojos.

A v jejích očích se začal objevovat šílený výraz.

La hermana corrió hacia su madre y le sujetó la frente.

Sestra se vrhla k matce a chytila ji za čelo.

El padre pareció inspirarse en las palabras de la hermana.

Otec se zdál být inspirován slovy sestry.

Y sus pensamientos parecían ser más claros que antes.

A jeho myšlenky se zdály být jasnější než dříve.

Dejó de asentir con la cabeza y volvió a sentarse derecho.

Přestal přikyvovat hlavou a znovu se posadil.

Y jugaba con la gorra de sirviente, sumido en sus pensamientos.

A hrál si s čepicí svého sluhy, hluboce zamyšlený.

Los platos de los inquilinos todavía estaban sobre la mesa.

Talíře od nájemníků byly stále na stole.

Y a veces miraba hacia el silencioso Gregor.

A občas se podíval směrem k mlčenlivému Gregorovi.

"Tenemos que intentar deshacernos de él", le dijo la hermana.

„Musíme se toho pokusit zbavit,“ řekla mu sestra.

La madre estaba demasiado ocupada tosiendo como para escuchar.

Matka byla příliš zaneprázdněná kašláním, než aby poslouchala.

"Los matará a ambos, ya lo veo venir."

„Zabije vás to oba, už to vidím.“

"No podemos seguir trabajando tan duro como lo hacemos todos."

"Nemůžeme všichni dál pracovat tak tvrdě, jako pracujeme."

"Y cada día tenemos que volver a casa y encontrarnos con esta tortura."

„A každý den se musíme vracet domů k tomuto mučení.“

"No podemos soportarlo más. No puedo soportarlo."

„Už to dál nevydržíme. Já to nevydržím.“

Ella cayó ante su madre en un último estallido de lágrimas.

V posledním záchvatu pláče padla k matce.

Las lágrimas cayeron por su rostro y sobre el de su madre.

Slzy jí stékaly po tváři a dopadaly na matčinu.

Y se secó las lágrimas con un movimiento mecánico.

A mechanickým pohybem si setřela slzy.

"Hijo mío", dijo el padre con voz compasiva.

„Dítě moje,“ řekl otec soucitným hlasem.

Había profunda simpatía y comprensión en su voz.

V jeho hlase zazněl hluboký soucit a pochopení.

«Pero ¿qué debemos hacer?», confesó no saberlo.

„Ale co bychom měli dělat?“ přiznal, že neví.

La hermana simplemente se encogió de hombros con impotencia.

Sestra jen bezmocně pokrčila rameny.

Y su confianza anterior fue reemplazada nuevamente por lágrimas.

A její dřívější sebevědomí opět vystřídaly slzy.

«Si nos entendiera», dijo el padre en voz alta.

„Kéž by nám jen rozuměl," řekl otec nahlas.

Y se preguntó si tal vez Gregor entendía.

A téměř se ptal, jestli Gregor možná rozumí.

La hermana simplemente sacudió su mano violentamente mientras lloraba.

Sestra jí jen s pláčem prudce potřásla rukou.

Y entonces ella señaló que no se debía pensar en esa idea.

A tak naznačila, že by se o této myšlence nemělo uvažovat.

«¡Si nos comprendiera!», repitió el padre.

„Ale kdyby nám jen rozuměl," opakoval otec.

Cerrando los ojos consideró la respuesta de la hermana.

Zavřel oči a přemýšlel o sestřině odpovědi.

"Si lo entendiera se podría llegar a un acuerdo con él."

„Kdyby pochopil, dala by se s ním dohoda."

"Pero estando las cosas como están..."

„Ale když jsou věci takové, jaké jsou…"

"Tiene que irse", gritó la hermana, "es la única manera".

„Musí to pryč," zvolala sestra, „je to jediná cesta."

"Tienes que deshacerte de la idea de que es Gregor".

„Musíš se zbavit myšlenky, že je to Gregor."

"Que lo hayamos creído durante tanto tiempo es nuestra verdadera desgracia."

„Že jsme tomu tak dlouho věřili, je naše skutečné neštěstí."

«¿Pero cómo puede ser Gregor?», le preguntó a su padre.

„Ale jak by to mohl být Gregor?" zeptala se otce.

"Sabía que un animal así no podía coexistir con los humanos".

„Věděl, že takové zvíře nemůže koexistovat s lidmi."

Gregor nos habría abandonado hace mucho tiempo, voluntariamente.

„Gregor by nás už dávno opustil, dobrovolně.“

"Es cierto, entonces no tendríamos ningún hermano."

„To je pravda, pak bychom neměli bratra.“

"Pero podríamos seguir viviendo y honrar su memoria".

„Ale mohli bychom dál žít a ctít jeho památku.“

"Pero esta bestia nos persigue y ahuyenta a nuestros labradores."

„Ale tahle bestie nás pronásleduje a odhání naše nájemníky.“

"Es evidente que quiere apoderarse de todo el apartamento".

"Je zřejmé, že chce obsadit celý byt."

"Esta bestia quiere hacernos dormir en la calle."

„Tahle bestie nás chce nechat spát na ulici.“

«Mira, padre», gritó de repente, «¡se mueve otra vez!»

„Podívej, otče,“ zvolala náhle, „zase se hýbe!“

E hizo algo que ni siquiera Gregor pudo entender.

A udělala něco, čemu ani Gregor nemohl porozumět.

Ella se apartó, como sacrificando a la madre.

Odstrčila se, jako by obětovala matku.

Y ella corrió detrás de su padre buscando algún tipo de seguridad.

A běžela za svým otcem, aby se uchýlila k nějakému bezpečí.

El padre estaba agitado únicamente porque su hija lo estaba.

Otec byl rozrušený jen proto, že byla rozrušená i jeho dcera.

Pero entonces él también se levantó y levantó los brazos sobre ella.

Ale pak se také postavil a zvedl nad ni ruce.

Pero Gregor no tenía intención de asustar a nadie.

Gregor ale neměl v úmyslu nikoho vyděsit.

Sobre todo no pensó en asustar a su hermana.

Zvlášť ho nenapadlo vyděsit svou sestru.

Él sólo estaba intentando regresar a su habitación.

Jen se snažil otočit zpátky do svého pokoje.

Pero dado que su estado estaba empeorando, incluso esto era difícil.

Ale v jeho zhoršujícím se stavu bylo i to obtížné.

Y ya no tenía pleno uso de todas sus piernas.

A už nemohl plně využívat všechny své nohy.

Entonces usó su cabeza para levantar su cuerpo y girar.
Takže použil hlavu k zvedání těla a otáčení.
Hizo una pausa y miró a su alrededor esperando la aprobación de la familia.
Odmlčel se a rozhlédl se kolem sebe, čeká ho souhlas rodiny.
Su buena intención parecía haber sido reconocida.
Zdálo se, že jeho dobrý úmysl byl rozpoznán.
Su movimiento sólo había sido un shock momentáneo para ellos.
Jeho pohyb pro ně byl jen chvilkovým šokem.
Ahora todos lo miraban en un silencio infeliz.
Teď se na něj všichni dívali v nešťastném tichu.
La madre seguía tumbada en el sillón, exhausta.
Matka stále vyčerpaně ležela v křesle.
El padre y la hermana estaban sentados uno al lado del otro.
Otec a sestra seděli vedle sebe.
«Quizás ahora me dejen dar la vuelta», pensó Gregor.
„Možná mě teď nechají otočit,“ pomyslel si Gregor.
Y continuó haciendo su torpe movimiento de giro.
A pokračoval ve svém neohrabaném otáčení.
No podía reprimir los jadeos ocasionales de esfuerzo.
Nedokázal potlačit občasné vzdechy z námahy.
Y se vio obligado a descansar un par de veces entre uno y otro.
A mezi tím byl nucen si párkrát odpočinout.
Ya nadie le obligaba a apresurarse; la decisión estaba en sus manos.
Nikdo ho teď nenutil spěchat; bylo to na něm.
Al final completó el giro lento y doloroso.
Nakonec dokončil pomalou a bolestivou zatáčku.
Inmediatamente comenzó a caminar directamente de regreso a su habitación.
Okamžitě se začal vracet rovnou do svého pokoje.
Se sorprendió de lo lejos que estaba de su habitación.
Byl ohromen tím, jak daleko byl od svého pokoje.
¿Cómo, a pesar de su debilidad, había llegado allí antes?
Jak se tam, i přes svou slabost, dostal už dříve?

Había recorrido casi el mismo camino sin darse cuenta.

Šel téměř stejnou cestou, aniž by si toho všiml.

Ahora él sólo se concentró en gatear tan rápido como podía.

Soustředil se jen na to, aby se plazil tak rychle, jak jen mohl.

La falta de comentarios por parte de alguien no le inquietó.

Absence komentářů od kohokoli ho nerušila.

Sólo cuando ya estaba en la puerta giró la cabeza.

Teprve když už byl ve dveřích, otočil hlavu.

Pero no pudo darse la vuelta para mirar hacia atrás por completo.

Ale nedokázal se otočit a úplně se ohlédnout.

Porque sintió que su cuello se ponía aún más rígido al girarse.

Protože cítil, jak mu při otočení ještě víc ztuhl krk.

Pero vio que de todas formas nada había cambiado detrás de él.

Ale viděl, že se za ním stejně nic nezměnilo.

La única diferencia fue que su hermana se puso de pie.

Jediný rozdíl byl v tom, že se jeho sestra postavila.

Su última mirada mostró que su madre se había quedado dormida.

Jeho poslední pohled ukázal, že jeho matka usnula.

Tan pronto como estuvo dentro de su habitación la puerta se cerró.

Jakmile byl ve svém pokoji, dveře se zavřely.

Y tan pronto como la puerta se cerró, el cerrojo quedó bloqueado.

A jakmile se dveře zavřely, zámek byl zamčený.

Gregor se asustó por el ruido inesperado que se oía detrás.

Gregora vyděsil nečekaný hluk za ním.

Y sus piernas se doblaron bajo él por la repentina sorpresa.

A nohy se mu pod tím náhlým překvapením podlomily.

Fue la hermana quien corrió hacia la puerta detrás de él.

Byla to sestra, která se za ním rozběhla ke dveřím.

Ella ya se encontraba allí de pie, esperándolo.

Už tam stála vzpřímeně a čekala na něj.

Luego saltó hacia delante ligeramente sin que Gregor la oyera.

Pak lehce skočila vpřed, aniž by ji Gregor slyšel.

"¡Por fin!" gritó en voz alta mientras giraba la llave.

„Konečně!" zvolala nahlas a otočila klíčem.

"¿Y ahora qué?", se preguntó Gregor, solo en la oscuridad.

„Co teď?" ptal se Gregor sám sebe ve tmě.

Pronto descubrió que ya no podía moverse en absoluto.

Brzy zjistil, že se už vůbec nemůže hýbat.

Pero no le sorprendió realmente su inmovilidad.

Ale jeho nehybnost ho vlastně nepřekvapila.

Poder moverse con piernas tan delgadas parecía ridículo.

Možnost pohybu na tak tenkých nohách se zdála směšná.

No sabía cómo había sido capaz de hacerlo.

Nevěděl, jak to vůbec mohl udělat.

Pero aparte de eso se sentía relativamente cómodo.

Ale kromě toho se cítil relativně pohodlně.

Es cierto que sentía un dolor profundo en todo el cuerpo.

Je pravda, že cítil hlubokou bolest v celém těle.

Pero el dolor parecía hacerse cada vez más débil.

Ale bolest se zdála být čím dál slabší.

Y sintió que el dolor eventualmente desaparecería.

A cítil, že bolest nakonec zmizí.

Ya casi no sentía la manzana podrida en su espalda.

Už sotva cítil to shnilé jablko v zádech.

Pensó en su familia con emoción y amor.

S dojetím a láskou vzpomínal na svou rodinu.

Sintió las emociones de su hermana incluso más que ella misma.

Cítil emoce své sestry ještě víc než ona sama.

Ella tenía razón en lo que había dicho: él tenía que irse.

Měla pravdu v tom, co řekla; musel odejít.

Pasó algún tiempo en ese estado vacío y pacífico.

Strávil nějaký čas v tomto prázdném a klidném stavu.

El reloj dio tres veces, silenciosamente, pero con firmeza.

Hodiny odbily třikrát, tiše, ale pevně.

Gregor fue sacado suavemente de sus meditaciones.

Gregor byl jemně vytržen ze svých úvah.

Observó cómo la luz de la mañana entraba lentamente en su habitación.

Sledoval, jak ranní světlo pomalu vstupuje do jeho pokoje.

Entonces su cabeza se hundió por completo, sin su voluntad.

Pak mu hlava úplně klesla, bez jeho vůle.

Y su último aliento fluyó débilmente de su nariz.

A jeho poslední dech slabě vytekl z jeho nosních dírek.

La criada entró en su habitación temprano en la mañana.

Služebná přišla do jeho pokoje brzy ráno.

No encontró nada inusual durante su corta visita habitual.

Během své obvyklé krátké návštěvy nenašla nic neobvyklého.

Con fuerza y prisa cerró de golpe todas las puertas.

Z dojmu síly a spěchu práskla všemi dveřmi.

No fue posible dormir tranquilo en todo el apartamento.

V celém bytě nebylo možné klidně spát.

Le habían pedido que evitara hacer esto por la mañana.

Byla požádána, aby to ráno nedělala.

Ella pensó que él yacía allí inmóvil a propósito.

Myslela si, že tam tak nehybně leží schválně.

Quizás quería demostrarle que estaba ofendido.

Možná jí chtěl ukázat, že se urazil.

Ella confiaba en que él tenía todo tipo de inteligencia.

Věřila, že má veškeré znalosti.

Ella sostenía por casualidad la escoba larga en su mano.

Shodou okolností držela v ruce dlouhé koště.

Entonces, desde la puerta, intentó hacerle un poco de cosquillas a Gregor.

Takže od dveří se pokusila Gregora trochu polechtat.

Ella estaba un poco molesta porque él no respondió en absoluto.

Trochu ji štvalo, že vůbec nereagoval.

Así que esta vez lo empujó un poco más firmemente.

Takže ho tentokrát zatlačila trochu pevněji.

Cuando él no ofreció resistencia, ella lo miró más de cerca.

Když nejevil žádný odpor, podívala se pozorněji.

Pronto se dio cuenta de lo que realmente le había sucedido a Gregor.

Brzy si uvědomila, co se Gregorovi doopravdy stalo.

Abrió más los ojos y silbó para sí misma.

Otevřela oči doširoka a zapískala si pro sebe.

Pero no perdió mucho tiempo antes de abrir la puerta.

Ale neztrácela mnoho času a otevřela dveře.

Y clamó a gran voz en la oscuridad:

A zvolala hlasitým hlasem do tmy:

"Ven a echarle un vistazo, ahí está, completamente muerto."

„Pojď se podívat, leží tamhle, úplně mrtvý.“

Los dos padres estaban sentados erguidos en el lecho conyugal.

Oba rodiče seděli vzpřímeně ve své manželské posteli.

Primero tuvieron que superar el impacto del ruido.

Nejdříve museli překonat šok z hluku.

Pero poco a poco empezaron a comprender su mensaje.

Ale pak pomalu začali chápat její poselství.

El señor y la señora Samsa saltaron cada uno de su lado de la cama.

Pan a paní Samsovi vyskočili každý ze své strany postele.

El señor Samsa se echó la gruesa manta sobre los hombros.

Pan Samsa si přehodil přes ramena tlustou deku.

Y la señora Samsa salió sin nada más que su camisón.

A paní Samsová vyšla ven jen v noční košili.

Y así entraron en la habitación de Gregor.

A tak vešli do Gregorova pokoje.

Mientras tanto, la puerta de la sala de estar también se había abierto.

Mezitím se otevřely i dveře do obývacího pokoje.

Grete había dormido allí desde que los inquilinos se mudaron.

Grete tam spala od chvíle, kdy se sem nastěhovali nájemníci.

Estaba completamente vestida como si no hubiera dormido en absoluto.

Byla úplně oblečená, jako by vůbec nespala.

Su rostro pálido también parecía demostrar su falta de
sueño.
Její bledý obličej také jako by dokazoval nedostatek spánku.
"¿Está muerto?" preguntó la señora Samsa, mirando a la
criada.
„Je mrtvý?" zeptala se paní Samsová a podívala se na
služebnou.
Ella podría haberlo confirmado mirándolo ella misma.
Mohla si to ověřit, kdyby se na něj sama podívala.
"Creo que sí", dijo la criada cogiendo la escoba.
„Myslím, že ano," řekla služebná a zvedla koště.
Y ella empujó su cuerpo muy lejos por el suelo.
A ona jeho tělo odstrčila dlouhou cestu po podlaze.
La señora Samsa hizo un movimiento como si quisiera
detenerla.
Paní Samsová udělala pohyb, jako by ji chtěla zastavit.
Pero al final dejó que la criada llevara a Gregor de un lado a
otro.
Ale nakonec nechala služebnou, aby Gregora posouvala.
—Bueno —dijo el señor Samsa—, por fin podemos dar
gracias a Dios.
„No," řekl pan Samsa, „konečně můžeme poděkovat Bohu."
Hizo la señal de la cruz; cabeza, pecho, hombros.
Udělal znamení kříže; hlavu, hruď, ramena.
Y las tres mujeres siguieron su ejemplo religioso.
A ty tři ženy následovaly jeho náboženský příklad.
Grete, que no apartaba la vista del cadáver, dijo:
Greta, která nespouštěla oči z mrtvoly, řekla:
"Mira qué delgado estaba, hacía tanto tiempo que no comía."
"Podívej, jak byl hubený, tak dlouho nejedl."
"La comida que le dejaba cada mañana siempre estaba
intacta."
„Jídlo, které jsem mu každé ráno nechával, bylo vždycky
nedotčené."
De hecho, el cuerpo de Gregor estaba completamente plano
y seco.
Gregorovo tělo bylo ve skutečnosti úplně ploché a suché.

Esto era más visible ahora que estaba en el suelo.

Teď, když byl na zemi, to bylo viditelnější.

Porque su cuerpo ya no era levantado por sus piernas.

Protože jeho tělo už nemohly nést nohy.

Y porque no había nada más que distrajera la vista.

A protože nic jiného nerušilo výhled.

—Ven un rato con nosotros, Grete —dijo la señora Samsa.

„Pojď na chvíli k nám, Greto," řekla paní Samsová.

Había una sonrisa dolorosa en sus labios mientras hablaba.

Když mluvila, na rtech se jí mihl bolestný úsměv.

Grete los siguió, pero también miró hacia el cadáver.

Grete je následovala, ale také se ohlédla na mrtvolu.

La criada cerró la puerta y abrió completamente la ventana.

Služebná zavřela dveře a úplně otevřela okno.

**Todavía era temprano, por lo que normalmente el aire
estaría frío.**

Bylo ještě brzy, takže vzduch by normálně měl být studený.

Pero también había una mezcla de calidez en el aire frío.

Ale ve studeném vzduchu byla také příměs tepla.

Como un suave recordatorio de que ya era finales de marzo.

Jako jemná připomínka, že už je konec března.

Los tres inquilinos ahora también salieron de su habitación.

I tři nájemníci nyní vyšli ze svého pokoje.

**Miraron a su alrededor con asombro en busca de su
desayuno.**

S úžasem se rozhlédli kolem a čekali na snídani.

El desayuno fue olvidado por lo que encontró la criada.

Na snídani se zapomnělo kvůli tomu, co našla služebná.

"¿Dónde está el desayuno?" se quejó el caballero del medio.

„Kde je snídaně?" zabručel prostřední pán.

La criada se llevó el dedo a la boca para ordenar silencio.

Služebná si přiložila prst k ústům, aby naznačila ticho.

Y ella rápidamente y en silencio saludó a los caballeros.

A spěšně a tiše zamávala pánům.

La criada acompañó a los tres caballeros a la habitación.

Služebná zavedla tři pány do pokoje.

Y continuó explicándoles lo que había sucedido.

A dál jim vysvětlovala, co se stalo.
Y los tres caballeros estaban alrededor del cadáver de Gregor.
A ti tři pánové stáli kolem Gregorovy mrtvoly.
Con las manos en los bolsillos miraron hacia abajo.
S rukama v kapsách se dívali dolů.
La luz de la mañana ahora había inundado completamente la habitación.
Ranní světlo už pokoj zcela zaplavilo.
Entonces se abrió la puerta del dormitorio y apareció el señor Samsa.
Pak se dveře ložnice otevřely a objevil se pan Samsa.
A un lado estaba su esposa y al otro su hija.
Na jedné straně byla jeho žena a na druhé dcera.
Para entonces el señor Samsa ya llevaba puesto su uniforme.
Pan Samsa už měl na sobě uniformu.
Se podía ver que todos habían estado llorando un poco.
Bylo vidět, že všichni trochu plakali.
Grete presionó su cara contra el brazo de su padre.
Grete přitiskla obličej k otcově paži.
"¡Sal de mi apartamento inmediatamente!" ordenó el señor Samsa.
„Okamžitě opusťte můj byt!" nařídil pan Samsa.
Y señaló la puerta sin dejar salir a las mujeres.
A ukázal na dveře, aniž by ženy pustil.
"¿Qué quieres decir?" preguntó el intermediario desconcertado.
„Co tím myslíš?" zeptal se znepokojeně prostředník.
Y él hizo lo mejor que pudo para sonreír dulcemente al señor Samsa.
A ze všech sil se snažil na pana Samsu sladce usmát.
Los otros dos llevaban las manos tras la espalda.
Ti dva další drželi ruce za zády.
Y se frotaron las manos con anticipación.
A v očekávání si mnuli ruce.
Parecía que esperaban que se produjera una fuerte pelea.
Zdálo se, že očekávají hlasitou hádku.

Pero ellos parecían estar contentos con la discusión que se avecinaba.

Ale zdálo se, že mají radost z nadcházející hádky.

Creían que la disputa sería a su favor.

Mysleli si, že spor bude v jejich prospěch.

"Quiero decir exactamente lo que acabo de decir", respondió el señor Samsa.

„Myslím přesně to, co jsem právě řekl," odpověděl pan Samsa.

Caminó en línea recta con sus dos compañeros.

Šel v přímé linii se svými dvěma společníky.

Y el señor Samsa se dirigió directamente a su caballero principal.

A pan Samsa se přímo obrátil na jejich vedoucího pána.

El caballero primero se quedó quieto, mirando al suelo.

Pán nejprve stál nehybně a díval se do země.

El contenido de su cabeza todavía estaba ordenándose.

Obsah jeho hlavy se stále urovnával.

—Está bien, nos vamos —dijo y miró al señor Samsa.

„Dobře, půjdeme," řekl a vzhlédl k panu Samsovi.

Una nueva humildad pareció apoderarse de él de repente.

Zdálo se, že ho náhle přemohla nová pokora.

Y parecía estar pidiendo permiso para esta decisión.

A zdálo se, že k tomuto rozhodnutí žádal o svolení.

El señor Samsa abrió mucho los ojos y asintió un poco.

Pan Samsa doširoka otevřel oči a lehce přikývl.

Los caballeros obedecieron inmediatamente su orden.

Pánové okamžitě splnili jeho rozkaz.

Y efectivamente dieron largos pasos por el pasillo.

A skutečně udělali dlouhé kroky do chodby.

Sus amigos ya habían dejado de frotarse las manos.

Jeho přátelé si už přestali mnout ruce.

Habían estado escuchando cómo iba la conversación.

Poslouchali, jak rozhovor probíhá.

Y ahora corrían tras él, como si tuvieran miedo.

A teď za ním běželi, jako by se báli.

El señor Samsa aún podría aislarlos de su líder.

Pan Samsa je možná stále izoluje od jejich vůdce.

Sacaron sus palos del contenedor.
Vytáhli si klacíky z krabičky na klacíky.
Y se inclinaron en silencio antes de salir del apartamento.
A než opustili byt, tiše se uklonili.
El señor Samsa y las dos mujeres salieron del patio delantero.
Pan Samsa a obě ženy vyšli z nádvoří.
Pero en realidad no tenían motivos para desconfiar de los hombres.
Ale ve skutečnosti neměli důvod mužům nedůvěřovat.
Se apoyaron en la barandilla para comprobar si se habían ido.
Opřeli se o zábradlí, aby zkontrolovali, jestli už odešli.
Los tres caballeros efectivamente estaban bajando las escaleras.
Ti tři pánové skutečně sestupovali po schodech.
En un determinado recodo de la escalera desaparecieron.
V jistém zatáčce schodiště zmizeli.
Y entonces la escalera los trajo de nuevo a la vista.
A pak je schodiště znovu přivedlo do dohledu.
Esta aparición y desaparición se repite en cada piso.
Toto objevování se a mizení se opakovalo na každém patře.
Pero al final casi habían llegado al fondo.
Ale nakonec se jim už skoro podařilo dostat se na dno.
Cuanto más avanzaban, más aburridos parecían.
Čím dál šli, tím méně zajímaví byli.
Todos regresaron a casa, como si se sintieran aliviados.
Všichni se vrátili domů, jako by se jim ulevilo.
Decidieron aprovechar el día para descansar y salir a pasear.
Rozhodli se využít den k odpočinku a procházce.
Sentían que merecían este descanso de su trabajo.
Cítili, že si tuto přestávku od práce zasloužili.
No sólo merecían este descanso, sino que lo necesitaban.
Nejenže si tuhle pauzu zasloužili, ale potřebovali ji.
Se sentaron a la mesa para escribir cartas de disculpas.
Sedli si ke stolu, aby napsali omluvné dopisy.

El señor Samsa escribió una carta de disculpas a su dirección.

Pan Samsa napsal svému vedení omluvný dopis.

La señora Samsa escribió su carta de disculpas a sus clientes.

Paní Samsa napsala svým klientům omluvný dopis.

Y Grete escribió su carta de disculpa a su director.

A Grete napsala svému řediteli omluvný dopis.

Mientras todos escribían, la criada llegó a la habitación.

Zatímco všichni psali, přišla do pokoje služebná.

Su trabajo de la mañana había terminado, por lo que se dirigía a casa.

Její ranní práce byla hotová, takže šla domů.

Los tres escritores asintieron al principio, sin levantar la vista.

Tři spisovatelé nejprve přikývli, aniž by vzhlédli.

Pero la criada no parecía querer irse todavía.

Ale zdálo se, že služebná ještě nechtěla odejít.

Esperó un poco, hasta que los tres escritores levantaron la vista.

Chvíli počkala, než ti tři spisovatelé vzhlédli.

"¿Y bien?" preguntó el señor Samsa, enojado como los demás.

„No a co?" zeptal se pan Samsa rozzlobeně, stejně jako ostatní.

La criada estaba parada en la puerta con una sonrisa en su rostro.

Služebná stála ve dveřích s úsměvem na tváři.

Dio la impresión de tener buenas noticias que informar.

Působila dojmem, že má sdělit dobrou zprávu.

Pero ella no iba a compartir la noticia a menos que se lo pidieran.

Ale nehodlala se o tu novinku podělit, pokud by ji o to nepožádali.

La pluma de avestruz erguida sobre su sombrero se balanceaba ligeramente.

Vzpřímené pštrosí pero na jejím klobouku se lehce pohupovalo.

Aquella pluma de avestruz siempre había molestado al señor Samsa.

To pštrosí pero pana Samsu vždycky štvalo.

—Entonces, ¿qué quieres? —preguntó la señora Samsa con firmeza.

„Tak co tedy chcete?" zeptala se paní Samsová pevně.

La criada todavía tenía mucho respeto por la señora Samsa.

Služebná si paní Samsy stále velmi vážila.

"Sí", respondió ella y soltó una carcajada amistosa.

„Ano," odpověděla a přátelsky se zasmála.

Por un momento su risa le impidió hablar.

Na okamžik ji smích přerušil.

"No tienes que preocuparte por esa cosa de al lado".

„S tou věcí od vedle se nemusíš bát."

"Ya he decidido cómo nos desharemos de él".

„Už jsem zařídil, jak se toho zbavíme."

La señora Samsa y Grete continuaron escribiendo sus cartas.

Paní Samsa a Grete pokračovaly v psaní dopisů.

Pero el señor Samsa se dio cuenta de que la criada aún no había terminado.

Ale pan Samsa si všiml, že služebná ještě neskončila.

Ahora quería describir todo con más detalle.

Teď chtěla všechno popsat podrobněji.

Pero él extendió su mano para rechazar sus esfuerzos.

Ale natáhl ruku, aby její snahu odmítl.

Se dio cuenta de que no estaban interesados en sus planes.

Uvědomila si, že je její plány nezajímají.

Y entonces recordó la gran prisa en la que había estado.

A pak si vzpomněla, jak moc spěchala.

"Ciao entonces", dijo ella, insultada por la falta de interés.

„Tak ahoj," řekla, uražená nezájmem.

Pero antes de irse cerró la puerta de un golpe terriblemente fuerte.

Ale než odešla, strašně silně práskla dveřmi.

"La despedirán esta noche", dijo el señor Samsa.

„Večer ji vyhodí," řekl pan Samsa.

Pero su esposa y su hija estaban demasiado ocupadas para responderle.

Ale jeho žena a dcera byly příliš zaneprázdněné, než aby mu odpověděly.

Porque la criada había perturbado la paz recién adquirida.

Protože služebná narušila jejich nově nabytý klid.

La madre y la hija se levantaron para ir a la ventana.

Matka a dcera vstaly, aby šly k oknu.

Y abrazados se quedaron allí.

A objatí se tam zůstali.

El señor Samsa se giró en su silla para mirarlos.

Pan Samsa se otočil na židli, aby se na ně podíval.

Y por un rato los observó en silencio mientras estaban allí de pie.

A chvíli je tiše pozoroval, jak tam stojí.

Finalmente les gritó: "¿Queréis venir a mí?"

Nakonec na ně zavolal: „Přijdete ke mně?“

"Olvidémonos de todas esas cosas viejas, ¿de acuerdo?"

„Zapomeňme na všechny ty staré věci, ano?“

"Ven a mí y dame un poco de tu atención."

"Pojď ke mně a věnuj mi trochu své pozornosti."

Las dos mujeres hicieron lo que él les dijo y corrieron hacia él.

Obě ženy udělaly, jak řekl, a spěchaly k němu.

Le dieron un abrazo cariñoso y le besaron.

Něžně ho objali a políbili.

Regresaron rápidamente para terminar de escribir sus cartas.

Rychle se vrátili, aby dopsali své dopisy.

Luego los tres abandonaron el apartamento juntos.

Pak všichni tři společně odešli z bytu.

No habían salido juntos de casa desde hacía meses.

Měsíce spolu nevycházeli z domu.

Y tomaron el tranvía hasta las afueras de la ciudad.

A tramvají jeli na okraj města.

Tenían todo el vagón del tranvía para ellos solos.

Měli celý vagón tramvaje pro sebe.

La luz del sol entraba a raudales por la ventana desde el exterior.
Sluneční světlo svítilo dovnitř oknem zvenku.
La familia se reclinó cómodamente en sus asientos.
Rodina se pohodlně opřela o svá místa.
Y discutieron las perspectivas para su futuro.
A diskutovali o vyhlídkách do budoucna.
Al examinarlos más de cerca, sus perspectivas no eran malas.
Při bližším zkoumání nebyly jejich vyhlídky špatné.
Los tres tenían trabajos con potencial para ganar más.
Všichni tři měli zaměstnání s možností vyššího výdělku.
Nunca se habían preguntado sobre su trabajo.
Nikdy se jeden druhého neptali na svou práci.
Pero ahora finalmente tenían tiempo para discutir esas cosas.
Ale teď konečně měli čas o takových věcech diskutovat.
También tenían la opción de mudarse a un apartamento más pequeño.
Měli také možnost přestěhovat se do menšího bytu.
Esto tendría el mayor impacto en sus vidas.
To by mělo největší dopad na jejich životy.
Su apartamento actual había sido elegido por Gregor.
Jejich současný byt jim vybral Gregor.
Pero ahora podrían mudarse a algún lugar más asequible.
Ale teď se mohli přestěhovat někam, kde je to dostupnější.
Un apartamento más pequeño, pero en un lugar más práctico.
Menší byt, ale někde praktičtější.
Hablar sobre el futuro hizo que Grete se sintiera nuevamente más animada.
Rozhovory o budoucnosti Grete opět oživily.
El señor y la señora Samsa también notaron otros cambios en ella.
Pan a paní Samsovi si na ní všimli i dalších změn.
Sus mejillas se habían vuelto pálidas por todas sus preocupaciones.
Její tváře zbledly ze všech starostí.
Pero ahora su hija se estaba convirtiendo en una bella dama.

Ale teď se z jejich dcery stávala krásná dáma.

Ahora ella realmente era una joven bien formada y hermosa.

Teď to byla opravdu dobře stavěná a pohledná mladá žena.

Sus padres guardaron silencio y admiraron a su hija.

Její rodiče ztichli a obdivovali svou dceru.

Se miraron el uno al otro comunicándose inconscientemente.

Podívali se na sebe a nevědomky komunikovali.

"Pronto llegará el momento de encontrar un buen hombre para ella."

„Brzy bude čas najít pro ni dobrého muže.“

El tranvía había llegado a su destino y redujo la velocidad.

Tramvaj dorazila do cíle a zpomalila.

Su hija pareció confirmar sus nuevos sueños.

Zdálo se, že jejich dcera potvrzuje jejich nové sny.

Ella fue la primera en levantarse y estirar su joven cuerpo.

Byla první, která se postavila a protáhla si své mladé tělo.

www.ingramcontent.com/pod-product-compliance
Lightning Source LLC
Chambersburg PA
CBHW011042190726
48290CB00011B/2966